崤函春早

三门峡市文学艺术界联合会　编

郑州大学出版社

图书在版编目(CIP)数据

崤函春早／三门峡市文学艺术界联合会编. — 郑州：郑州大学出版社，2021.4(2024.6 重印)
ISBN 978-7-5645-7775-9

Ⅰ.①崤… Ⅱ.①三… Ⅲ.①文艺－作品综合集－中国－当代 Ⅳ.①I217.1

中国版本图书馆 CIP 数据核字(2021)第 050802 号

崤函春早
XIAO HAN CHUN ZAO

策　划	李勇军		封面设计	小　花
责任编辑	刘晓晓		版式设计	小　花
责任校对	秦熹微		责任监制	李瑞卿

出版发行	郑州大学出版社(http://www.zzup.cn)
地　　址	郑州市大学路 40 号(450052)
出 版 人	孙保营
发行电话	0371-66966070
经　　销	全国新华书店
印　　刷	山东华立印务有限公司
开　　本	890 mm × 1 240 mm　1／32
印　　张	10.375
字　　数	245 千字
版　　次	2021 年 4 月第 1 版
印　　次	2024 年 6 月第 2 次印刷

书　　号	ISBN 978-7-5645-7775-9	定　价	58.00 元

本书如有印装质量问题,请与本社联系调换。

《崤函春早》编委会

序　风景这边独好

牛兰英

　　听说以摄影为主题的面向全国的相声、小品、诗歌原创作品大奖赛以及黄河九省楹联大赛获奖作品集《崤函春早》就要出版了，编委会让我写个序，我很高兴地答应下来。

　　《崤函春早》这本获奖作品集有它独特的文化纪念意义。面向全国开展以摄影为主题的相声、小品、诗歌原创作品大奖赛，这本身是个新鲜事，以前是没有过的，这应该是新时代改革发展征程中文艺界的一个新现象、新品种、新内容。我们应该为它欢呼，为它祝贺。这同时也是需要有一些吃螃蟹的勇气的。编委会的同志们选的主题独特、新颖，认准的事情咬紧牙关干，鼓足干劲干，不泄气，不松懈，成功填补了我市文艺事业的一项空白，可喜可贺！应该点一个大大的赞！

　　三门峡市是华夏文明的重要发祥地，是伴随万里黄河第一坝——三门峡大坝的兴建而崛起的一座城市。它先后获得了中国优秀旅游城市、国家园林城市、国家森林城市、中国大天鹅之乡、中国"十佳魅力城市"、2017 中国年度文化影响力城市等多项殊荣，被誉为黄金之都、黄河明珠、文化胜地。特别是我们拥有丰富的摄影资源、肥沃的摄影土壤和浓郁的摄影文化，被中国摄影家协会命名为全国第七个"中国摄影之乡"，被中国文联、中国摄影家协会命名为"中国摄影艺术城"，同时决定在三门峡建立中国摄影艺术馆。中国三门峡自然生态国际摄影大展将连续十年在三门峡举办，包括中国摄影界的最高奖项金像奖的颁奖盛典，也将连续十年五届在三门峡举办。可以说，三门峡在摄影文化建设方面异军突起，风光无限，蓬勃发展，硕果累累。

2016年至今，我们已经举办了四届中国三门峡自然生态国际摄影大展，都取得了很好的效果。2020年中国摄影艺术馆正式落户三门峡，成为全国唯一的"国"字头摄影艺术馆和三门峡首座"国"字头的展馆，中国文联主席、中国作家协会主席铁凝参加摄影节，并对三门峡摄影艺术的发展给予了高度评价。所以这本获奖作品集的出版，必将为三门峡打造文化高地、文化名市，建设中国摄影文化城再添一把力，再增一片彩，再现一道亮丽的风景线。

我看了获奖作品集里面的获奖作品，更是感到欣喜。这些获奖作品无论在思想性，还是在艺术性上都达到了很高的标准，给人以独特的视觉和审美享受。曾正社的相声作品《影联歌壮美　山水蔚文明》，以遣词精准、意境优美的楹联为主线，串联三门峡的主要景点，着力展现三门峡的历史变迁和人们喜庆团圆的美好生活，构思新颖，意趣盎然。耿建华的相声作品《偷拍奇遇》，以层层递进的叙述方式，用生动明快、适度夸张的语言，勾勒出一个挚爱摄影的人物形象，铺垫逗哏，皆恰到好处。马晓晖、杨书荣的小品《拍客》塑造了饱满的人物形象和情景冲突，让人在诙谐幽默、高潮迭起的氛围中感受强烈的画面冲击力。张竹林的诗歌《黄河，在光圈上清唱》，更是发思古之幽情，看今日之巨变，一咏三叹，回环往复，绕梁三日，散发出丰沛的美学蕴藉。南海江的诗歌《今天　您拍照了吗》则朗朗上口，成为一曲摄影人的赞歌，缭绕不绝，令人难忘。还有许多作者的优秀作品，确实各有千秋，令人赏心悦目，在这里向他们，也向全国广大关注关心三门峡文化事业发展的人们，表示衷心的感谢。

更加令人欣喜的是，这次征集到的作品大部分都以三门峡为主要创作素材，讴歌三门峡这片土地上的人文景观、风土人情，抒发对三门峡的挚爱之情，这对宣传推介三门峡，提高三门峡的知名度、美誉度具有深远的意义。

"几处早莺争暖树，谁家新燕啄春泥。"愿我们的文艺工作者以春天的蓬勃奋发之事，全面落实习近平总书记考察调研河南时的重要讲话精神，大力传承弘扬黄河文化，以黄河为元素，讲好"黄河故事"，以摄影为主题，以文学为载体，为繁荣发展中国摄影艺术，为实施"十四五"规划开局，庆祝建党100周年，贡献我们文艺人的力量！

言不尽胜，是为序。

（牛兰英，中共三门峡市委常委、宣传部部长）

目录

上卷

相声

1

下卷

上卷

全国摄影主题相声、小品、诗歌原创作品大奖赛获奖作品

主办单位：三门峡市文学艺术界联合会
协办单位：三门峡市曲艺家协会
　　　　　三门峡市摄影家协会
　　　　　三门峡市作家协会

相声

影联歌壮美　山水蔚文明

曾正社

甲、乙　观众朋友们，大家好！（躬身施礼）

甲　九曲迎宾，秀水灵山香满地；三门溢彩，祥光紫气喜盈心。非常荣幸，让我们在这丰收的金秋时节相逢在美丽的三门峡，亲身感受这里的旖旎风光，抒发我们的美好情感。

乙　千里江山千里画，万般景象万般情。此时此刻，我想大家的心情都一样，已经被这里的山水人文感染和陶醉。胜景怡人，那就让我们一起用镜头和文字，记录下这里的一山一水、一草一木，徜徉在如诗如画的仙境中，共同见证和度过这美好欢乐的时光。

甲　说得好！用镜头和文字作记录，这是今天我们用相声艺术表达的最好方式，也是留给大家的最好记忆。

乙　常言说，无巧不成书。今天，我还要告诉大家一个好消息。2020 年 12 月，第十三届中国摄影艺术节暨第四届天鹅之城——中国三门峡自然生态国际摄影大展将在我们三门峡举办。这既是一件大事、喜事，也是全国乃至国际摄影艺术家的一次盛会和重大节日。

甲　我们三门峡历史文化悠久，人文自然丰美，是中国优秀旅游城市、国家园林城市、国家森林城市、中国大天鹅之乡、中国摄影之乡。连续四年举办了摄影大展活动，2018年6月，中国摄影家协会培训中心落户三门峡。2018年11月，第十二届中国摄影艺术节、第十二届中国摄影金像奖颁奖典礼在三门峡举办。2019年5月，三门峡市取得第十三至十七届中国摄影艺术节承办权。中国摄影艺术馆将落户三门峡。目前，三门峡市正在全力打造中国摄影文化城，让城市的魅力和光彩辐射全国、全世界！

乙　看来你对三门峡挺了解的。你说的让我们每一个三门峡人感到无比的自豪和兴奋，让我们为这座美丽的城市点赞！刚才，我听你的开场白说得不错，好像一副对联。今天，我也算遇上了同好。

甲　你开场说的也是一副对联啊，意思挺好，能否请教一下？

乙　请教不敢，只是爱好而已。

甲　那咱俩不如切磋切磋，用文字当镜头，用对联的形式作为影像，为咱三门峡的名胜景点，每人现场创作一幅影联图，怎么样？

乙　没问题，我先说。函谷关是我国历史上建制最早的雄关，为兵家要隘，因关在谷中、深险如函而得名。函谷关也是古代伟大的思想家、哲学家、教育家老子著述《道德经》的地方。我的联是：东临绝涧，西踞高原，雄关披月青牛去；北塞黄河，南接秦岭，要隘伏兵铁马鸣。

甲　请听我的联：函谷蕴经，大道通天地；哲思启睿，圣德耀古今。

乙　这回给秦赵会盟台题联，你先说。

甲　秦赵会盟台，是战国时期秦昭襄王和赵惠文王在渑池会见和谈的地方。会盟台遗址是市级重点文物保护单位，位于三门峡市渑池县城西南约 1 公里处，筑于渑水、洋河汇流的三角台地上。秦赵会盟台的故事千年流传，经久不息，影响深远。"盟台夕照"也是渑池古八景之首，吸引着古今中外无数的游客，许多文人墨客也在此留下了不朽的美丽诗篇。咱长话短说，题联开始。请听：化干戈为玉帛，传千秋佳话；讲义气鉴明智，仰一代君王。

乙　给你点赞！描述得不错，且听我的题联：智勇超凡怀大略；针锋对峙仰高风。

甲　不错。这回让我们的镜头对准仰韶遗址。该遗址位于渑池县仰韶村南部的缓坡台地上，三面环水，因抬头可见韶山而得名，为公元前 5000—前 3000 年中国新石器时代的仰韶文化遗址。1921 年，瑞典地质学家安特生在此发现仰韶村遗址，并命名为仰韶文化。仰韶文物遗存古老，品种多样，研究价值丰厚。仰韶陶瓷、仰韶酒，历史悠久，蜚声中外，遗址自然生态环境十分壮美。1961 年 3 月，仰韶遗址被国务院公布为第一批全国重点文物保护单位。下面，我以此题联：聚宝藏珍，千年史迹蜚中外；飘香溢彩，万古人文仰圣贤。

乙　非常好！请听我的联：美景怡心，依山傍水千秋画；古村载誉，览胜猎奇四海朋。

甲　掌声鼓励！准备切换镜头，焦距移近。现在，让我们把目光聚集到市区上阳苑，你做介绍。

乙　好的。上阳苑景区紧邻西周时期的虢国都城上阳城遗址，为了反映三门峡的厚重人文，取名为"上阳苑"。上阳苑景区规划总面积 1200 亩，是集休闲、观光、娱乐、购物、住宿、餐饮、健身等为一体的综合性旅游服务景点，风景如画，使人流连忘返。我开始为拍摄题联：碧水泛金，流光飘带长龙舞；苍山凝翠，托日浮云彩凤鸣。

甲 联图并茂，请欣赏我的一联画：朝日频辉虢古城，皆呈画韵；晚霞尤恋上阳苑，尽染诗情。

乙 真是景美联隽。现在我建议，下面的摄影联就不做介绍了，因为观众都比较熟悉，咱就紧扣主题，直接撰联，一人一副，让观众品评，你意下如何？

甲 双手赞成。你说给哪个景点题联？你先来。

乙 就给天鹅湖景区湿地公园题联。请听：波映银光，一湖山色一湖景；鹅嬉碧水，千里知音千里缘。

甲 再听我的联：逐梦而来，在此安家，为三门喝彩；携福同至，于斯寻乐，伴九曲吟歌。

乙 水平不错，继续，请你点题开始。

甲 谢谢夸奖鼓励。我给三门峡水库景区题联：泻玉飞珠，中流砥柱三门壮；惊心动魄，伟业长风九曲弘。

乙 再听我的联：禹劈三门，龙腾万里惊天地；功昭九域，气炳千秋壮梦魂。

甲 来点掌声！

乙 谢谢，谢谢！稍息一下，我再提个建议。上面，我们的影联文字镜头，从古代历史人文拓展到现代旅游文化景点，可谓穿越时空，无不记录和展现着三门峡的历史变迁与美丽画卷，我们所拍摄到的只是具有代表性的几个。因为时间关系就不一一展示了。现在我想，咱们应该结合当前国家和人民生活中的大事喜事来上一段，互对成联，反映我们文艺工作者创作的时代精神。同时，也讴歌祖国的繁荣发展，人民群众的幸福生活。

甲　你的思想很能跟上形势。敬佩，敬佩！

乙　不敢当。你看这样，今年是咱们国家全面建成小康社会的决胜之年，又欣逢国庆、中秋双节巧遇，喜上加喜，可谓福喜连连，咱们就以"喜庆双节、乐享小康"为题，我出上联，你对下联，现场应对，敢来吗？

甲　你想考我，那就试试，请出题。

乙　大地飞歌，九州人共庆。

甲　小康招手，万里月同圆。

乙　盛世民歌，天上一轮满。

甲　中秋国庆，人间万里明。

乙　明月入怀，伴小康圆梦。

甲　神州庆诞，听大地飞歌。

乙　月美梦圆，大地流金福溢彩。

甲　国强民富，小康入户乐开怀。

乙　兴伟业，展宏图，九州呈盛景。

甲　迎中秋，庆华诞，万户乐小康。

乙　民庆佳节，梦筑富强雄世界。

甲　月盈大地，旗扬时代耀乾坤。

乙　才笔流丹，描成丽景染秋色。

甲　月光撒玉，缀满神州壮梦怀。

乙　水笑山欢，骏业腾辉歌盛世。

甲　鹭飞霞染，金秋馨梦乐丰年。

乙　欢乐金秋，一轮月满家国庆。

甲　太平盛世，九州民康福喜盈。

乙　月撒银，地流金，万里龙腾丰稔景。

甲　国逢喜，民添乐，九州风舞醉芳秋。（观众掌声……）停，
　　停！这回咱俩换一下，也考考你的水平如何。

乙　没问题，请继续。

甲　业欣九城，大地飞歌，镶玉缀金图焕彩。

乙　民庆双节，神州报喜，纳福凝瑞梦开花。

甲　小康入户，福乐盈怀，桂酒飘香馨大地。

乙　惠政滋心，家国圆梦，秋光织锦扮神州。

甲　秋山凝翠，田野飘香，九州万里祥龙舞。

乙　大业蒸云，小康添彩，四面八方喜气盈。

甲　万家明月夜，喜上眉梢，小康载梦。

乙　九域大风歌，福盈心里，骏业扬帆。

甲　国迎华诞，人乐小康，月满中秋香满地。

乙　党举鸿猷，政施惠策，福盈凤日喜盈心。

甲　花满小康路，七十一载荣光，同迎华诞。

乙　梦吟盛世歌，千百万家欢乐，共庆嘉年。

甲　同步小康，福喜连连，一轮明月常圆梦。

乙　共兴大业，荣华满满，九域金风总沁人。

甲　月圆景美，九域共中秋，小康入户福连喜。

乙　水秀山清，五星参北斗，大地流金梦溢香。

甲　小康报喜，欣天上月圆，华夏梦圆，万里风光皆入画。

乙　大地飘香，看眼中景美，家国业美，千秋日月尽呈辉。

甲　站起来，富起来，强起来，家国共庆。

乙　梦圆满，情圆满，福圆满，天地同欢。（观众掌声……）

甲、乙　谢谢，谢谢！

甲　停一下。最后我提议，为祝贺第十三届中国摄影艺术节暨第四届天鹅之城——中国三门峡自然生态国际摄影大展成功举办，咱俩再合作一联，以表心意。请继续应对：启三门画卷，举起相机，景换步移，闪光灯里图飞彩。

乙　邀四海艺朋，赏游仙境，神怡心旷，摄影情中梦溢香。（观众掌声……）

甲、乙　（躬身酬谢）表演到此结束，观众朋友们再见！

偷拍奇遇

耿建华

乙　一上台就看你兴冲冲地，中大奖了？

甲　真让你说对了，在年会上抽中一等奖，我得了一台高清数码摄像机。

乙　这可把你乐坏了吧？

甲　那当然，我从小就想当导演，现在有了这台摄像机，即使当不了正儿八经的导演，也能拍个短片过过瘾。

乙　你会吗？

甲　瞧你说的。我买了两本书，看了几天，觉得差不多了，就按书上的要求，选拍摄题材。

乙　说得还像那么回事。

甲　就差等我老婆了。

乙　有你老婆什么事啊？

甲　事大了！那天晚上，小翠回家一脸惊慌，我连忙问出什么事了。

乙　怎么啦？

甲　小翠嘴一撇，抽抽搭搭地说："我被抢劫了，那贼一下蹿出来，把我的包给抢走了，我大声呼叫，却没人搭理我。"

乙　这可太不应该了。

甲　我一听，义愤填膺："无法无天了，敢欺负我老婆，下次被我碰到一定拍死他。"说到这里，我忍不住笑了。

乙　啊，你还笑得出来？

甲　我忽然产生个想法，要不我来拍一个短片，唤醒大家的公德心，也让我老婆出出名！

乙　这个想法不错。

甲　我把自己的想法一说，想让小翠当女主角，不料她一笑。

乙　同意了？

甲　她说："就你这水平，简直让人笑掉大牙！"

乙　得，人家不同意。

甲　我好话说了一大箩，小翠就是不肯配合，怎么办呢？

乙　那就别拍了。

甲　你说得轻巧，我这伟大理想就不要了？我有主意。

乙　什么主意？

甲　我找我的网友。

乙　网友？嗯，网友也行，能拍就行。

甲　我 QQ 群里有一帮摄像爱好者，我连夜在群里招募帮手，很快就有人来应征。我从中选了一个，又准备了一点道具，就等着大展拳脚了。

乙　你还真行。

甲　第二天天还没亮，网友就来找我。

乙　够积极的。

甲　我把摄像机交给网友，让他埋伏起来，并再三交代："不管发生任何事，你只负责拍摄，别的什么都不要管！"

乙　你这是要干什么呀？

甲　八点多钟，小翠挎着小包去上班了，拐过一条弄堂。我见时机差不多了，就套上头套，朝身后的网友挥了一下手：开机！然后加速从后面追上去，一把抢下小翠的挎包，拔腿就跑。

乙　抢劫呀？

甲　小翠呆了半天，才反应过来，大叫："有人抢包啊！"

乙　这回有人管吗？

甲　唉，我原设计的是朝有人的地方跑，好让摄像机完整记录下路人的反应和表情，然后自己再折返回去，安抚小翠。哪知我还没跑到拐角处，忽然前方出现一个骑自行车的小伙子，他抡起自行车就砸向我。

乙　小伙子够可以的。

甲　我猝不及防，被自行车给抢了个正着，一下就倒在了地上。小伙子抡车还要砸，我赶紧大喊一声："咔！"

乙　怎么叫停啦？

甲　我这一嗓子把小伙子吓了一跳，动作也停了下来。我赶忙大喊："兄弟，你别……别砸了，我抢的是我老婆的包。"

乙　小伙子信你吗？

甲　小伙子压根儿不信，把我牢牢地按在地上。

乙　看你这回怎么办。

甲　小翠跑到跟前，拽下我的头套，说："老公，怎么是你？"

乙　穿帮了不是？

甲　小伙子听我讲完了事情的来龙去脉后，说了句："饭吃饱了撑的！"

乙　小翠呢？

甲　小翠气得上来就是一脚。

乙　该！

甲　初战失利，白白挨了一顿大骂。

乙　这还不是你自找的。

甲　虽然初战失利，但我并没有灰心。我告诉网友，有点挫折是正常的！

乙　你还挺执着的。

甲　接下来，我带着网友来到了火车站，然后"嚓嚓"把自己的衬衫撕了两个口子，又在地上打了个滚，弄得灰头土脸的，把网友看得目瞪口呆。

乙　你这是干什么，自残啊？

甲　现在假乞丐真骗子太多了，弄得人们都没有同情心了，我们就以此为题材。

乙　好嘛，你的想法还真多。

甲　我在火车站四处拦人，说自己来城市找工作，一不小心陷入了传销组织的圈套，好不容易跑出来，但已身无分文，想要点钱买火车票回家。

乙　大家什么态度？

甲　大家都拿白眼看我。

乙　这不是自讨苦吃吗？

甲　你懂什么，这正是我设想的结果，我心里得意，脸上却装得更加可怜了。

乙　你还得意？

甲　忽然，一个大汉走过来问我："你不是骗子吧？"

乙　人家起疑了。

甲　我忙说："怎么可能？我是货真价实的受害者啊！"

乙　你还货真价实，脸皮真厚！

甲　你猜怎么着？

乙　怎么着？

甲　大汉叹了口气，说："我以前被假乞丐骗过，但我就不相信天底下都是骗子。你不是要买票吗，说吧，要买去哪儿的票？"

乙　这回是真碰到好人了。

甲　我随口说："回济南，硬座有 50 块就够了。"

乙　那人怎么说？

甲　大汉点点头，拉着我就走。

乙　拉你干什么？

甲　就是啊，我也紧张起来："你……你要干什么？"

乙　别让他把你给骗了。

甲　大汉说："我不能给你钱，我不想再受骗了。你跟我去拿票！"

乙　原来是这样啊。

甲　我就这样被大汉拉到了售票口。不一会儿，大汉真给我买了一张到济南的票。

乙　看来人家是真心想帮你！快说实话吧。

甲　你没看见正拍着吗？我假装感激地说："大哥，你太仗义了。请你把电话和卡号留给我，等我回去好给你打钱。"

乙　有情有义。

甲　谁知那大汉摇摇头说："不用，我也是外地来的，我知道打工者的难处，不用你还钱。"

乙　我看你往下还怎么演。

甲　我俩又争执了一会儿，我看火车开车时间要到了，赶紧说："你说不用还，我也不敢勉强了。这就告辞了。"

乙　你还不说实话。

甲　大汉摇摇头说："我买了一张站台票，一会儿我送你上车！"

乙　得，碰上犟人了，好事要做到底。

甲　我大吃一惊说："这怎么好意思？我又没啥行李，自己上车就行了。"

乙　他怎么说？

甲　他摇头说："不行，不行，万一你是骗子，等我走了，跑到售票处把票退了咋办？"

乙　啊？人家留着后手呢。

甲　我顿时出了一身冷汗，现在可是骑虎难下，也不好意思承认自己是在偷拍，只好乖乖地被大汉"押"上了火车。

乙　我看你怎么收场。

甲　火车关门前，我笑着说："大哥，如果我是骗子，你就不怕我在下一站下车再跑回来？"

乙　这回他没辙了吧？

甲　没辙？他说："我给你买的是直达车，一站直接到济南的。如果你是骗子，就自己买票再回来吧。"

乙　啊，他比你还机灵呢！赶紧坦白吧！

甲　我一听说要到济南才能下车，傻眼了，心说，我还是赶紧坦白吧。可话刚到嘴边，火车就缓缓开动了。

乙　得，晚了。

甲　我透过车窗玻璃，看见了网友，他也是买了站台票进来的，仍然在敬业地对着开动的火车边跑边拍，一直到看不见为止。

乙　真够敬业的！

甲　我欲哭无泪，瘫坐在地上。

乙　赶紧想办法吧。

甲　等我到了济南，再买票折腾回来时，已经是第二天半夜了。网友把摄像机交给我就赶紧撤退了。

乙　小翠没骂你？

甲　骂我？她还夸我呢！

乙　不会吧，就这还能夸你？

甲　小翠说："老公，我也不怪你了！而且，我看你今天拍的这几段就挺好的。原来这社会并不像我们想的那么冷漠！"

乙　这倒是实话。

甲　一语惊醒梦中人，我兴奋地跳起来，就是啊，我拍片是为了啥，不就是为了弘扬正气吗？人间自有真情在啊！

乙　没错。

甲　我报名参加比赛，得了个最佳新人导演奖，小翠成了某女郎。

乙　真的？

甲　我晚上躺在床上得的。

乙　做梦啊！

我是为了艺术

刘 刚

乙　观众朋友们大家好！今天……

甲　（打断乙）别动！

乙　怎么了？

甲　我给你拍张照片。

乙　嗐，吓我一跳！我说你是干什么的？

甲　我是一名摄影艺术家。

乙　拍照片的！

甲　嘿，一看你就是外行。什么叫拍照片的？

乙　不就是用手机、相机，"咔嚓"，拍张照片就行了。

甲　哟哟哟哟哟！

乙　这我也会。

甲　嘿嘿嘿嘿嘿！

乙　有什么了不起的？

甲　啧啧啧啧啧！

乙　你一会儿再把狗招来！我说你什么意思？

甲　什么意思？我告诉你吧，摄影师不光是拍照，还要注意照片的美感，需要有美学基础。摄影是一门艺术！

乙　嘿，算我孤陋寡闻了。

甲　而且，我又和一般的摄影师不一样。

乙　怎么不一样？

甲　他们为艺术付出得少！

乙　哦，你付出得多？

甲　为了艺术，我可是付出了很多啊！

乙　都付出了什么啊？

甲　比如说拍人物照，有些人不配合！

乙　怎么了？

甲　他不让你拍，躲躲闪闪的！

乙　那就不拍。

甲　那怎么行？关键时刻就得用绝招！

乙　什么绝招啊？

甲　围追堵截！

乙　什么叫围追堵截啊？

甲　我们一群人过来围住，拍不完不让走，这叫围！

乙　那追呢？

甲　拍摄目标跑了，我们就追！

乙　堵呢？

甲　去门口堵着，我就不信他不出门。

乙　截呢？

甲　在他上班必经之路截着！

乙　嘿，你们这可不地道！

甲　你说这人也真是的，完全不配合。

乙　嘿，你得经过人家同意！

甲　我管他同意不同意，我这是为了艺术。

乙　好嘛！

甲　有时候拍景物，什么桃花、杏花、樱花，需要拍出落英缤
　　纷的画面。

乙　得有落花。

甲　这老天爷也可气！

乙　怎么了？

甲　不刮风怎么落花？

乙　那就没辙了，老天爷不听你的。

甲　好办！

乙　怎么？

甲　找个人在树旁边使劲晃，我就不信它不落。

乙　你这是破坏环境！

甲　什么话？我是为了艺术！

乙　哦！

甲　摄影还得有亮点，照片要新颖。

乙　是吗？

甲　有人物，有景物，还得人物景物相结合。

乙　那好办，找一个模特站桃树底下拍。

甲　那多俗啊！

乙　你怎么拍？

甲　找一群大妈。

乙　大妈？

甲　先找一棵大梨树，让她们爬到树上去，有高的有矮的，错
　　落有致。春天来了，万物复苏，小草绿了，桃花红了，梨

花白了，树上结满了大妈……

乙 （打断甲）什么乱七八糟的？

甲 你想想，多美的意境！

乙 你这是虐待草木，还有，爬这么高，多不安全。

甲 那都不叫事儿，我是为了艺术！

乙 嘿！

甲 这还不算什么！

乙 还有呢？

甲 有些地方不让拍。

乙 哪儿？

甲 有些个博物馆，说什么容易破坏文物。还有电影院，也不
让拍，等等，不少可恨的地方。

乙 那就不拍了。

甲 那怎么行？

乙 人家不让拍！

甲 他不让拍那是他的事儿。

乙 那你呢？

甲 嘿，你得会"闪转腾挪"。

乙 闪？

甲 出其不意，拿出相机就拍。

乙 转？

甲 趁其不备，转身就拍。

乙 腾？

甲 拍完就跑！

乙 挪？

甲　我挪个地方接着拍！

乙　好嘛，够费劲的！

甲　你说我容易吗？为了完成摄影大业，我都胖了好几斤！

乙　欸，对……不是，等会儿。

甲　怎么？

乙　你东跑西颠地拍照片，怎么还胖了？

甲　嗐，把照片卖给几家杂志社，挣了点钱，朋友们一起聚了几天，吃胖了。

乙　哦，吃胖的啊？你也吃得下去？

甲　你什么意思？

乙　我就是这意思！

甲　我告诉你……

甲、乙　我可是为了艺术！

乙　我知道还是这一句。

甲　本来就是嘛！

乙　我还以为你真的是摄影艺术家呢，原来就是个依靠不文明摄影赚钱的不法分子！

甲　我怎么就是不法分子了？

乙　你拍照对人家围追堵截，是对别人的不尊重，并且侵犯了别人的隐私权，别人可以起诉你！

甲　别别别！

乙　你摇晃树木拍落花，这是搞破坏，得罚款！

甲　啊？

乙　而且你让一群大妈爬上树去，先不说影响社会风气，万一摔下来，你吃不了兜着走！

甲　我没想到后果这么严重。

乙　你没想到的多了!

甲　我是为了艺术!

乙　我告诉你,摄影者并没有权利以艺术之名施不道之行。你必须对你犯过的错道歉,并承担责任。

甲　你说得对,我错了,我道歉。

乙　欸,这就对了,我们要做文明摄影人。

甲　那你说说怎么做吧?

乙　第一,遵守秩序,保护环境。

甲　我再也不晃树了。

乙　拍摄人物,征求同意。

甲　我保证不再围追堵截。

乙　可否拍摄,现场确认。

甲　我再去博物馆、旅游景区,也不闪转腾挪了。

乙　照片分享,征得同意,告知目的,发布位置。

甲　好,我同意!

乙　这就对了。

甲　请问你能帮个忙吗?

乙　你说吧!

甲　我想拍张人物照,你这形象挺适合。

乙　是吗?那拍吧!

甲　你得摆个动作。

乙　什么动作?

甲　你把右手放到脑袋左边反手遮住额头,抬起左脚。

乙　好了。

甲　拍完了。

乙　你这是拍照？

甲　我耍猴呢！

乙　去你的吧！

婚礼彩排

孟宪行

甲　今天是个好日子，太高兴了。

乙　什么高兴事儿？

甲　我接了一个大单。

乙　大订单，挣钱了，都订的什么？

甲　大订单。

乙　知道大订单，你是干什么的，订的什么东西？

甲　我不是东西，咳，我是婚庆公司的，我是司仪兼策划兼会计，顺带着还布置布置场地。

乙　哦，看着就像？

甲　什么意思，怎么看着就像？

乙　有气质，有形象，有内涵，有文化，有体力。

甲　看出来了。

乙　不伦不类的，多好。

甲　您这是夸我吗？

乙　现在就需要像你这样的复合型人才，不高、不低，不胖、不瘦，不甜、不咸，不温、不火，不男、不女，不阴、不阳，不孕、不育。

甲　去，我招谁了，不孕不育都出来了！我都计划要二胎了，还有信心是双胞胎。

乙　信心不小啊，快告诉大家，接了个什么大订单。

甲　这个订单可不小，来自三门峡的邀请。

乙　三门峡，我知道，好地方。

甲　不错，来自三门峡政府的大订单，邀请我给他们那里的白天鹅办婚礼，全程服务。

乙　给白天鹅办婚礼？要不我说你不伦不类，你是人啊还是畜生，你给人家鸟类办婚礼。你会飞吗？

甲　孤陋寡闻了不是？俗话说，人有人言，兽有兽语。我，复合型人才，精通"鹅"语。

乙　俄罗斯语言？

甲　白天鹅语言。

乙　哦，不简单，复合型人才就是厉害，会鹅语！

甲　嘎，嘎，嘎一叫，我就知道它说什么。

乙　嘎嘎嘎，是什么意思？

甲　嘎嘎嘎，就是当新娘的意思。

乙　这么个鹅语。

甲　白天鹅要结婚，请我当司仪。

乙　癞蛤蟆终于能够接近白天鹅。

甲　什么癞蛤蟆，我是复合型司仪，要为白天鹅服务。

乙　好，复合吧。

甲　婚礼之前，要进行彩排。

乙　对，提前准备，互相沟通。

甲　先是拍摄婚纱照。

乙　很有必要，摁动快门，留下美好记忆。一定要选个好地方。

甲　不用选，现成的，家门口都可以拍照。

乙　家门口在哪里？

甲　三门峡市天鹅湖城市湿地公园。

乙　哦，得天独厚。

甲　三门峡那是自然风光，风光秀丽，草被丰美，气候宜人，四季分明。

乙　不仅是人间仙境，更是白天鹅的美丽家园。

甲　拍照我们可是下了功夫，从采光到色彩，从角度到焦距都一丝不苟，力求拍成精品，参加中国三门峡自然生态国际摄影大展。

乙　那可不简单，国际大展，有分量。

甲　摆好造型，啪啪啪，先来个比翼双飞。

乙　这是白天鹅的拿手好戏。

甲　啪啪啪，再来个水上芭蕾。

乙　那更是得心应手，美轮美奂。

甲　啪啪啪，来个风雨同舟。

乙　好。

甲　啪啪啪，来个含情脉脉。啪啪啪，锦绣前程。啪啪啪，白头偕老。啪啪啪，花好月圆。啪啪啪，亭亭玉立。啪啪啪，你追我赶。

乙　别啪啪啪了，白天鹅都累趴下了。

甲　最后拍了一张白天鹅的大长腿。

乙　嘿，腿是够长的。

甲　每一张都争取获得国际大奖，参加第十三届中国摄影艺术节。

乙　肯定没问题。

甲　我也是信心满满。

乙　拍完婚纱照，婆家都送点什么？比如什么三金，什么学区房，什么宝马车啊，见面礼、压箱钱啊。

甲　人家白小姐什么都不要。

乙　多好的鹅妹妹。

甲　接新娘的婚车都不要，新郎新娘准备骑着共享单车就来了。

乙　新时代，新天鹅。

甲　不过，新娘的舅舅看不下去了，觉得太简单，这也不要，那也不要，当舅舅的提出来，只要一样东西看行不行。

乙　娘家舅提出来了，还就一样东西，一定要答应下来。

甲　答应不下来。

乙　抠门，得罪舅舅，准砸锅。

甲　砸缸也不行。

乙　他要一样什么东西这么难办？

甲　她舅舅说，看能不能送一架大飞机！

乙　嚯，这动静大了，还得先修条跑道。白天鹅不是自己都会飞吗，还要大飞机？

甲　她舅舅说了，自己单飞不算飞，大家一起飞才算真的飞。

乙　好嘛。

甲　你还别说，最后还真解决了。三门峡实力雄厚、高瞻远瞩，为了经济发展，为了旅游的发展，更为了成全白天鹅的婚礼，决定给新娘买一架飞机，并修建一个专用飞机跑道。

乙　嘿，大手笔！有魄力，点个赞！

甲　那就拜天地吧，供桌上摆着红枣、花生、桂圆、莲子，这叫早生贵子。

乙　美好的祝福。

甲　一拜天地，二拜高堂，夫妻对拜。

乙　有意思。

甲　一鞠躬，小康路上永不停。二鞠躬，感谢父母养育情。三鞠躬，明年就把娃娃生。

乙　嘿，任务都定下了。

甲　多幸福的小两口，我深情地说道："以前是大河没水小河干，阿哥阿妹好孤单。天涯海角不相见，只能在微信里面聊聊天。"

乙　天各一方。如今是大河涨水小河流，阿哥阿妹有追求。白天同吃一锅饭，晚上睡觉一个枕头。成一家人了。

甲　下面的环节是给双方的父母敬茶，要改口费。

乙　要红包。

甲　新女婿是咱河南的。

乙　哦，河南白天鹅。

甲　要求新女婿用河南话喊一声娘，要拖长音。

乙　（倒口）娘——

甲　对，就是这样，新媳妇叫老公公，也得拖长音，用东北话喊爹。

乙　嘿，（倒口）爹——给红包。

甲　还别说，老公公掏出手机："来妮儿，扫一下二维码，用支付宝给你转。"

乙　鸟类也用高科技。

甲　你是否愿意和白小姐结为夫妻，从今天开始无论是贫穷或富贵、疾病或健康、顺境或逆境、年轻或衰老，你愿意爱她尊敬她保护她，与她不离不弃、相伴终身吗？（甲扮公天鹅说）我愿意。

乙　都是鹅语。

甲　那就伸出你的双臂紧紧拥抱你的新娘吧。

乙　多幸福啊。

甲　我是复合型主持人×××，婚礼圆满礼成，欢迎大家的光临。谢谢。

乙　赶快开席吧，我们都饿了。

甲　开不了席。

乙　怎么了？

甲　这是彩排。

乙　我给忘了。

摄影大师

罗志勇

甲　（甲先上台）尊敬的各位嘉宾，各位摄影家朋友，欢迎来
　　到"四面环山三面水，半城烟树半城田"的"天鹅之
　　城"——三门峡。用您手中的相机，去发现美，记录美，
　　讴歌我们伟大的时代，勤劳善良的人民……

乙　（鬼鬼祟祟地上，打断甲）我问你，你说的这些能在外国获
　　大奖吗？

甲　什么意思？

乙　（小声说）人家外国不喜欢中国光鲜的东西，就爱拍阴暗的
　　一面，这是规律，一般人我不告诉他。

甲　你是？

乙　我是著名国际摄影家"苍鹰（蝇）"大师，苍天上的雄鹰。

甲　听说过，是专找垃圾的小苍蝇。最近又拍了什么？

乙　别提了，前段时间，闹疫情，让居家隔离。我想，这是限
　　制人身自由，我就不隔离。于是就挎着相机，四处溜达。
　　大街上冷清清的，除了街口值勤的，没人，我拍谁去。对
　　了，拍爷爷去，他人在楼上，肯定不让我见，就拍与老人
　　隔窗相见，题目我想好了，就是《老汉今年八十八，被迫

隔离锁在家》。（大声喊）"爷爷，爷爷!"

众　唉! 唉——

乙　没想到这么多爷爷，很多人打开了窗。

甲　找到爷爷了吗?

乙　找到了，我让爷爷哭，说没吃没喝没人管。

甲　（学爷爷口气）坏孙子，你那套爷爷知道，又想到外国拿奖去。爷爷现在很好，每天都有志愿者给我送东西，消毒，用手机和我聊天，而你这个孙子，一个电话也不打，你看全国人民团结一心，齐心协力抗"疫"，你小子快滚吧!

乙　爷爷不行，我喊奶奶。（大声喊）"奶奶，奶奶!"你别说，还是奶奶疼我，给我一个大苹果，疫情期间水果多金贵啊!可是我的手没有接住，砸在头上了，奶奶在八楼啊!

甲　该! 怎么没砸死你!

乙　家里人不让拍，我下农村拍。没有想到，农村大多数人都住进了新房，家家天然气，户户自来水。转好几个村，终于发现了三间过去生产队的破牛棚，废弃三十多年了。我请这家老汉，给他一千块钱，从垃圾站里找了几件衣服，让他穿在身上，找了半个村找来扁担，让他摆挑水造型。（左拍、右拍、上拍、下拍）好! 好!《老汉今年七十八，挑水十里回到家》，又能拿国际大奖了!

甲　（学老汉）什么! 你这个骗子，我打死你，你睁开狗眼看看，俺村过去是贫困村，自从国家精准扶贫，省派第一书记来了后，打井，修路，建文化广场，发展特色农业，还有贫困户吗?（拿起扁担就打，乙做逃跑状）

乙　乡下不好拍，我到城里拍。

甲　城里老人素质高，见识广，你更骗不了。

乙　想办法呢！我对跳广场舞的叔叔阿姨们说："我是国际摄影家，我们要充分展现老年人幸福美好的生活、充满朝气的精神面貌。请大家排一队。"没想到老人们真配合，很快站好了一队。（喊）"队长，您老人家在这里！好了！谢谢叔叔阿姨们，再见！"《这群老人六十八，排队加塞素质差》，好了，又要获国际大奖了。

甲　小心老人知道，跟你没完。

乙　没事，反正大多数国人看不到。

甲　你真是个人人讨厌的小苍蝇，早晚会遭报应的！

乙　可不是吗？也不知是哪位消息灵通人士，把老人加塞的照片发给他们，一个老汉怒气冲冲地找到我。

甲　（甲学老汉，指着乙的鼻子）我九十八了，一辈子遵纪守法，听党话，跟党走，年年当先进，事事是标兵。没想到，你说我是爱加塞的人。我打死你这个吃中国饭、砸中国锅的无耻小人！（狠狠地向乙打去）

乙　（捂着脸，吐了几个牙）《老汉今年九十八，一掌下去满嘴牙》，哈哈，我又要获奖了！

甲　（踢了乙一脚）去你的吧！

我热爱摄影

张强

乙　（乙先上台）能参加如此宏大的艺术盛会，我感到三生有幸，内心十分激动，在此给大家问安了，大家好！我先给大家出一个谜语：玉宇澄清万里埃。打一三字的书画摄影词语。

甲　（甲在观众席中，接乙的话，边说边走上台）我知道，这是毛主席《七律·和郭沫若同志》里的诗句。一从大地起风雷，便有精生白骨堆。僧是愚氓犹可训，妖为鬼蜮必成灾。金猴奋起千钧棒，玉宇澄清万里埃。今日欢呼孙大圣，只缘妖雾又重来。

乙　您背得对，但现在不是赛诗会，现在是猜谜语。

甲　谜底我也知道！

乙　您呀，也不摄影，不可能知道，我看您就是来搅场的！

甲　我已经爱上摄影了！

乙　那您说说谜底。

甲　谜底是天空光！

乙　还真对。我记得您一直在写楹联。

甲　是啊。所以就会时常出去采风，游览山川大河、高原旷野，积累素材，触发灵感。

乙　都看过什么山？给大家说说。

甲　好吧，那我就说说。我去过东岳泰山、西岳华山、南岳衡山、北岳恒山、中岳嵩山，还有一峰山、二龙山、三清山、四明山、五台山、六盘山、七子山、八台山、九华山、十包山、百花山、千佛山、万阳山，还有咱们家乡秀丽的崤山。

乙　真不少！

甲　走走看看，我发现咱们脚下这片热土，哎呀！（擦一下嘴）

乙　这是饿了，土好吃吗？

甲　消化不了。我想表达的是那景观秀色可餐、美不胜收，我也是目不暇接，流连忘返啊。

乙　啊，意思对，确实是美。

甲　所以，我也想用相机来记录生活中的美好，记录美好的生活。

乙　当然可以。

甲　说干就干，不能散漫，超过飞机，追上火箭。

乙　这是什么俏皮话呀？

甲　就是表一下决心。

乙　行。

甲　学习摄影必须得有相机，如果天赐良机，一定爱护珍惜。真的是机不可失，针对不同的相机必须要随机应变，总是在灵机一动的时候，就拍出了惊艳的作品！

乙　好！

甲　“摄影”一词源于希腊语中的光线和绘画。

乙　是。

甲　合在一起的意思就是"以光线绘图"。摄影是进行影像记录的过程，一般我们使用机械照相机或者数码照相机，平时我们将摄影称为照相。

乙　也就是拍照。

甲　摄影，就是把日常生活中看似平凡的事物转化为不朽的、具有冲击力的视觉图像。看的是图片，感染的是灵魂，洗涤的是心灵。

乙　说得太好了。

甲　摄影还能保留多少年前的房屋，一起奔跑的道路，哼着歌的放学之后，还有乘凉的那棵老树，也能将那些远去的记忆全都留住。

乙　是。

甲　世界上最早的一张照片可以追溯至 1827 年，出自法国人约瑟夫·尼埃普斯之手。

乙　快 200 年了！

甲　摄影有很多种类。

乙　您给说说。

甲　有静物摄影、人像摄影、记录摄影、艺术摄影、画意摄影、商业摄影、水墨摄影、全息摄影、海底摄影等。

乙　还真多。

甲　还有很多流派。

乙　是。

甲　绘画主义摄影、印象派摄影、写实摄影、自然主义摄影、纯粹派摄影、新即物主义摄影、超现实主义摄影、抽象摄影、堪的派摄影、"达达派"摄影、主观主义摄影等，您是哪一派的？

乙　我呀，水平还很一般，还没形成风格。

甲　我觉得我是，（骄傲地说）随意派摄影。

乙　什么派？

甲　随意派！

乙　啊，那对，不太会的时候都是随意拍。

甲　对。摄影，得有相机呀，我的第一部新相机是足足攒了半年钱买的。

乙　那这相机应该不错！

甲　相当不错了，三成新的！

乙　啊，那就是旧的，你花了多少钱哪？

甲　（咬着牙说）160 元哪！

乙　攒半年才攒 160！

甲　你知道我受了多少苦，遭了多少罪呀？攒这些钱，可太不容易了！

乙　怎么的呢？

甲　我少坐了多少次公交啊！

乙　嘻！

甲　买回来之后，我倍加呵护。

乙　对，那可是不坐公交攒的钱。

甲　我屏住呼吸认真擦拭。

乙　对，稍一用力，容易弄碎喽。

甲　有一天，风和日丽，去摄影。

乙　试一试。

甲　拍个什么呢？我是东瞅瞅，再西看看。

乙　确实是随意派。

甲　这是对艺术有着严谨的态度，一定要精益求精，尽善尽美！

乙　这话没错！

甲　草坪中有一朵小花，哎呀，红彤彤的，娇滴滴的，真漂亮啊！我得把它拍下来，我高抬腿轻落步，向小花靠近。

乙　怎么还这样呢？

甲　我怕把它吓到。

乙　啊？

甲　它撒腿就跑，我担心追不上。

乙　对，你这模样确实容易将小花吓到！

甲　咱的水平就是高，我刚照完，就有两位粉丝叫我！

乙　是啊！

甲　（厉声）你，出来！

乙　嗯？这是粉丝吗？

甲　轻点，慢点。

乙　还挺关心你。

甲　别把草坪踩坏喽。

乙　践踏草坪呀，这可不对！

甲　是，我当时就道歉了！

乙　态度挺好。

甲　继续往前走，来到一个亭子，里面有两个人下棋，旁边有一个人在看，这个场景也可以拍下来呀。

乙　行。

甲　这个角度，不行，两个半张脸，一个后脑勺。

乙　也不好看哪。

甲　再换个角度，我把相机放低点。

乙　哎。

甲　也不行。

乙　怎么了？

甲　全是腿！

乙　太低了。

甲　一个穿的红袜子，一个穿的灰袜子，一个……（闻到了难闻气味，向外喷气）

乙　怎么了？

甲　我想起了臭豆腐。

乙　你趴人鞋上了！

甲　我赶紧站了起来。

乙　对，总趴着不行。

甲　我再选几个角度，这个不行，这个也不好，哦！

乙　选好了。

甲　别动，别动。

乙　几位配合一下，马上就好！

甲　哎呀，你怎么动了！

乙　这个场景错过了！

甲　别跳马呀！

乙　嗯？

甲　飞象，飞象！

乙　你下上棋了！

甲　我把相机交给他帮我保管，我替他下，结果赢了，我请他帮我照了一张胜利的照片。

乙　太不务正业了！

甲　小一天了，才拍了两张照片。

乙　是，有一张还是别人帮你拍的。

甲　是啊，再往前走走，多拍几张。

乙　多练习练习。

甲　我就挑挑选选，走走停停，又拍了几张。回到家，我就反思一天的摄影练习。

乙　这很好。

甲　拍小花时，我的错误是践踏了草坪。亭子拍下棋时，我的错误是没有专心。这些我都得改掉，争取认真地拍出满意的作品。

乙　祝你成功！

甲　谢谢！我就是没打开思路，能拍的太多了，比如头顶的太阳、满天的星星、欢乐的孩子、纯朴的人们，比如远处的高山、奔涌的长河、平静的湖面，还有美丽的天鹅，等等。太多了，我都要收入相机中。

乙　哎，你能不能以"摄影"为题，撰写一副对联呀？

甲　好，我想想……有了。

乙　上联是——

甲　览万里河山，请容我睁一只眼，闭一只眼，弹指之时皆纳入。

乙　太棒了，请说下联——

甲　经千秋岁月，再让人痛几次怀，开几次怀，动情之处很真实。

乙　确实如此。

甲　你刚才给大家出谜语，我也出一个考考你？

乙　好啊。

甲　摄影，打一个成语？

乙　就"摄影"这两个字，打一个成语？

甲　对。

乙　猜不出来。

甲　（用手做拍照状）相机行事。

乙　还真是。

特殊的摄影风波

袁帅

甲　您是相声演员？

乙　没错。

甲　问您一个问题？

乙　您说。

甲　你们说相声挣钱吗？

乙　看您跟谁比了。

甲　一个月能挣这么多吗？（手伸出，比数字5）

乙　也就五千块钱吧。

甲　五千？

乙　五千。

甲　唉，讲真的，我对你们这个行业倍感失望。一个月怎么才
　　挣这么点儿钱呢？五千块，还不够 Mary 小姐吃顿早餐呢。

乙　嚯！一顿早餐五千，这太奢侈了！您跟那位 Mary 小姐
　　熟吗？

甲　太熟了。

乙　您受累，把 Mary 小姐的联系方式给我，好不容易遇上个富
　　婆，我想……少奋斗几年……

甲　Mary 是只猴。

乙　猴啊！

甲　不过我也可以把你的意愿转达给 Mary 女士。

乙　不用了，不用了。好嘛！一只猴吃顿饭五千，我还不如只猴呢！

甲　不许你这么抬高自己。

乙　我呀！你说一只猴怎么花这么多钱？

甲　只有价值达到一定的高度价值时，它的使用价值才能发挥出其价值。

乙　刚才他好像说了个绕口令。

甲　说了你也不懂。我问你，你平时说相声累吗？

乙　还行吧，为观众带来欢乐，辛苦点儿是值得的。

甲　跟着我吧！

乙　跟着你？

甲　保证你每天笑容满满的，皱纹浅浅的，眼睛闪闪的，心情暖暖的。

乙　我跑这儿坐月子来了。

甲　告诉你，只要跟着我干，你每天的生活将会是崭新的一面。

乙　我跟着你干吗呀，我还不知道你是做什么的。

甲　不好意思，忘记介绍了，我是一名动物摄影家。

乙　动物摄影，不就是拍照片儿的吗？一个月能挣多少钱？

甲　（手伸出，比数字 3）

乙　三千块钱！还没我们说相声的挣得多呢。

甲　三十万。

乙　拍照片儿能挣这么多吗？

甲　那当然了，你是不是不相信我的工作水平？告诉你，我的作品常年登在世界各个国家的摄影杂志中。从我的镜头下出来的动物，个个都是明星。

乙　那你们一般是怎么工作生活的啊？

甲　说起我的工作生活，那简直太丰富了。我几乎没有休息的时间，一年365天，有360天都奔波在世界的各个角落。早晨我在印尼聆听塞玛尼鸡的鸣叫，中午我在东非感受斑马的开疆扩土，下午我在亚马孙雨林寻找凯门鳄的足迹，晚上我在南极的星空下给企鹅伴舞。

乙　大晚上在南极，你不冷啊？

甲　一跳舞就暖和啦。

乙　您的生活还真丰富，真让人羡慕！您能让我跟着您工作吗？

甲　不说相声了？

乙　有这工作谁还说相声啊！

甲　他转变还挺快。行，一会儿把你银行卡号告诉我，我先给你转五万块钱。

乙　您干吗啊？

甲　先把你这个月的旅游资金转给你。

乙　这刚一上班就领钱了？

甲　这有什么啊，只要你认真工作，以后奖金什么的不是问题！

乙　嘿！这工作太好了！那我还不知道怎么跟着您工作呢，您得跟我讲一讲您的工作行程。

甲　当然可以，这不今年吗，我主要是回到我的祖国，进行国内野生动物的拍摄工作。

乙　您平时都怎么进行拍摄啊？

甲　我们就拿 Mary 小姐来举例子吧，Mary 小姐是我近期的拍摄模特。

乙　哦？

甲　首先，我问你 Mary 是人吗？

乙　不是人。

甲　是猴吗？

乙　是猴啊。

甲　你是猴吗？

乙　不是猴啊。

甲　你是人吗？

乙　不是人啊。你成心绕我是吧！

甲　我的意思是说，Mary 不是一只普通的猴，它是一只金丝猴。

乙　金丝猴？

甲　金丝猴又叫仰鼻猴，是国家一级保护动物。主要分布在我国西南和华南等地区，这种猴子一般生活在海拔 1500 米到 3000 米的阔叶林或针阔混交林带中。咱们再说回 Mary，Mary 是金丝猴当中的川金丝猴，顾名思义，它主要活动在我国四川地区。我见到 Mary 是在四川宝兴县海拔 3000 米的大山当中。

乙　是吗？

甲　迎着清晨明媚的阳光，我独自漫步在森林中，突然，我看到了一只美丽动人的母金丝猴。它的毛发金光闪闪，看上去像柔软的棉花一样。小小的蓝色面容映照着美丽的脸颊。眼睛下，朝天的鼻子不停地喘气，一张小嘴伸出粉红色的舌头，格外可爱。我把她取名为 Mary。

乙 还是外国名儿。

甲 就在这时，打远处来了一只雄壮的公金丝猴，这只猴有着矫健的四肢，胸脯挺而宽厚。蓝色的面颊神采奕奕，再看五官，小小的嘴巴里有着洁白锋利的牙齿。三角形的朝天鼻像抹了油漆似的闪闪发光。它不停地接近着 Mary，向着 Mary 发出雄性的信号……（甲转身，扮演公猴）

甲 （甲又模仿母猴，做暧昧状）

乙 你要干吗？

甲 你要配合我，现在咱们就是金丝猴了。

乙 啊，演猴子啊？这我可来不了。

甲 你确定吗？那这奖金……

乙 （模仿母猴子）您看这样行吗？

甲 （四川口音）你是哪个山头的？

乙 我是……怎么是四川话？

甲 在四川地区发现的嘛，尊重地方方言。

乙 好吧。

甲 （四川口音）你叫啥子名嘛？

乙 （四川口音）我叫 Mary，你嘞！

甲 （四川口音）我叫钢蛋儿。

乙 这什么破名！

甲 （四川口音）你好，Mary，我看你长得挺巴适的。咱俩可以交个朋友吗？

乙 （四川口音）钢蛋儿，你长得也是很要得，咱俩一起去喝山泉水，你看行不？

甲 （四川口音）Mary！

乙　（四川口音）钢蛋儿！

甲　（四川口音）Mary！

乙　（四川口音）钢蛋儿！

　　（甲、乙二人做扭捏状）

甲　咔嚓！

乙　吓我一跳！

甲　刚刚 Mary 和钢蛋儿的一举一动已经被我的镜头记录下来
　　了。来看这张照片，利用了框架式构图，突出了动物的主
　　体，利用前景烘托出画面里的 Mary 和钢蛋儿。画面中，用
　　树叶作为前景，钢蛋儿和 Mary 相互依偎的动作作为后景，
　　二猴表露出幸福的神态，十分甜蜜。前景和二猴将画面展
　　现得虚实有度、富有层次，既烘托了主体，又渲染出了
　　意境。

乙　那给这张照片取个名字吧！

甲　名字就叫《钢蛋儿和 Mary 的初次邂逅》！

乙　嘿！还真有点儿意思。

甲　这张照片被一位动物摄影收藏家购买了，给了我五十万奖
　　金，我又把这五十万捐助给了当地的动物保护基金会。你
　　说 Mary 一早上五千块钱的早餐多吗？

乙　不多不多，一点儿都不多。您还挺有爱心！

甲　咱也是个慈善家！怎么样，跟着我干吗？

乙　可以可以！有这工作，我还说什么相声呢？那您最近准备
　　拍什么呢？

甲　今年冬天我要到河南的三门峡。

乙　去那儿干什么啊？

甲　当地的企业家邀请我去拍一拍那儿的大天鹅。

乙　对了！三门峡又叫天鹅之城！

甲　这你都知道。

乙　我就是河南人，我能不知道吗？冒昧地问您一句，这回人家给您多少钱？

甲　好像给个一百来万吧。

乙　嚯！这回更厉害了，大师、艺术家，我跟着您摄影能给我分多少啊？

甲　那得看你的劳动成果。

乙　您只管吩咐。

甲　拍摄之前我们要先做一做功课，三门峡西临陕西，北隔黄河，与山西相望。黄河直冲壶口之后，转了个"几"字形大弯，在这里形成了一个数万公顷的沼泽湿地。每年三月中旬，有数万只白天鹅从西伯利亚高原南迁，跨越数千公里来到三门峡湿地越冬。天鹅是大型水禽，分为大天鹅、小天鹅、黑天鹅等，咱们要拍的就是三门峡天鹅湖城市湿地公园里的白天鹅。

乙　准备得真到位！

甲　这样啊，咱们要想拍得好就得在下面反复练习，拍摄白天鹅一般需要调整好光圈和曝光，因为白天鹅的身体呈雪白色，体态比较修长，所以我们要尽量把天鹅优美的身体线条给摆拍出来。

乙　哦?!

甲　这样吧，你不是打算跟我一块拍摄吗？你先配合我练习，帮我摆拍一下。

乙　太好了！怎么拍？

甲　当白天鹅。

乙　啊？

甲　就是做几张白天鹅的动作，我调整调整角度。

乙　我这人怎么当天鹅啊？

甲　那这一百万……

乙　没问题，您说怎么摆吧。

甲　先来一个天鹅的标准姿势吧，来个天鹅展翅。

乙　扑水……（单脚站，伸脖子，张开双臂）

甲　再来一个天鹅饮水。

乙　（勾腰，伸脖子做痛苦状）这活儿还不好来……

甲　再来一个……这老是静态的不能彰显出生机。这样吧，你
　　再来个动态的，动态的你会吧？

乙　（学大鹅走路）

甲　最好能出点动静。

乙　呱呱呱！

甲　你那是青蛙！

乙　天鹅怎么叫啊？

甲　嘎，嘎！（沙哑）

乙　（学大鹅走路，并叫唤）

甲　好的，就是这个状态！保持住，我去拿相机。（四处张望，
　　慌张逃走）

乙　哎，你别走啊！

　　（甲下台，乙一直学大鹅）

　　（甲换演出服，乔装打扮成林业局工作人员上台）

甲　你干什么呢？

乙　模仿大鹅啊！您不知道，我刚才遇见了一个大师，可厉害了！他说了要带着我一块拍摄咱们三门峡的天鹅，您知道多少钱吗？一百万！

甲　哦，你是说那个老在这附近转悠的摄影师啊，他涉嫌买卖国家重点保护动物，刚才已经被我们刑事拘留了！

乙　啊？不可能啊，人家都跟我说了，他是世界知名的野生动物摄影师，怎么会被刑事拘留了呢？再说了，他特别喜欢摄影，您是不是抓错人了？

甲　拍摄野生动物？他假借拍摄之名义，四处联系国外私人野生动物园，抓捕白天鹅近千只。在全国各地的野生动物保护基地猎杀珍稀动物，做成标本，拍摄成摄影作品，贩卖到国外。还假借摄影家之名诈骗他人财物，你说，他这是保护动物吗？

乙　啊！真是太可气了，我刚刚差点上了他的当！这也都赖我，一时财迷心窍，您说这天下哪有免费的午餐啊？

甲　对啊！保护野生动物是我们的共同责任，绝不可投机取巧，顶风作案！再说了，摄影本是一件利他利己的好事，一幅好的摄影作品，可以让作者享受在拍摄中带来的快乐，可以提高自己的审美情操，是一种健康积极的娱乐爱好，可千万不能让它变成你违法犯罪的工具啊！

乙　说得太对了！感谢您，让我悬崖勒马。我跟您说吧，我是名相声演员，我决定把我的经历写成一段相声，到时候一定请您来表演！

甲　你能有这个提议很好，但是我就有一点小要求。

乙　您说!

甲　出场费五万。

乙　您别说了!

天鹅情

王水宽

甲 老狗你好！好久不见，十分想念。

乙 坏家伙，一见面就骂人。再提醒你一下，我是读平声的猴。

甲 哈哈！开个玩笑，我还不知道你是哪个"gou"！

乙 再说一遍，绞丝旁加侯的猴，是平声，不读三声的狗！

甲 哦，不是三声的狗，是只叫一声的猴呀！

乙 欸，这话怎么听着这么别扭？

甲 哈哈，和老兄开个玩笑啦！我还能不知道您是哪个"gou"？

乙 总没个正经！

甲 最近忙什么呢？

乙 刚从内蒙古回来。

甲 噢，难怪几天都不见，原来去了那么远，干吗呢？旅游？

乙 不是，是陪那个摄影家老张去内蒙古找天鹅。

甲 哦，就是那个把天鹅看得比老伴还亲的摄影家协会副主席张明云老兄呀！

乙 就是他！

甲 你们傻呀！咱们三门峡天鹅湖里的天鹅多的是，去那么远找，你们是不是有病呀？

乙　是找那只 A55。

甲　哦，就是那只生在咱们三门峡，从生下来老张就天天给拍照的小天鹅呀？

乙　是的！

甲　小天鹅怎么啦？

乙　小天鹅失踪一年啦！刚有消息说是在内蒙古。

甲　嗯，那你们就去啦？内蒙古那么远，地方那么大，怎么能找得着？

乙　卫星定位到的，老张一听这消息就叫上我陪着开车去啦。

甲　开车呀？成千公里的，安全吗？

乙　叫你都担心了，还真是遇到危险啦！

甲　怎么啦？

乙　提起那天的事故，我现在还脊梁骨冒汗呢！真是那：乱坟岗放炮——吓死人了！

甲　啊，还真出事了呀？

乙　是的！一个疯狂的大货车把我们的倒车镜都给刮掉了！

甲　哇！那不差点就要命啊？

乙　可不嘛！现在想起来，夜里还会吓醒哪！

甲　你俩当时都尿裤子了吧？

乙　嘻！跟尿裤子一样，出了一身冷汗。

甲　噢！那就是尿变成了汗。

乙　别提啦！一提就打战，尿急。

甲　那肯定啦，与死神擦肩而过，能不心有余悸呀！

乙　是的，现在都不敢开车上高速哪！

甲　冒这么大的风险，找到了那只 A55 没有？

乙　找到啦！

甲　什么情况？

乙　它困在一个泥塘里，受伤啦，瘦骨嶙峋，自己出不来！

甲　唉，好可怜呀！那你们怎么办？

乙　老张就给咱们三门峡的有关部门打电话，想带它回来养伤。

甲　联系上啦？

乙　联系上啦！我们把它给带回来了。

甲　哦，他老伴知道这事不？

乙　能不知道吗？车都剐蹭成那样啦！骂他是爱鸟不要家的信尿！

甲　可以想象张嫂的担心和抱怨。换你弟妹，早把我数落得一脸唾沫星子啦，跪搓板是一定的了！

乙　哈哈，你嫂子就是这样，骂得我一夜都不能上床睡觉！

甲　现在好啦？老张的情况呢？

乙　好啦，老张搬家啦，张嫂让他去天鹅救助站陪那个小妞 A55 睡觉啦！

甲　哈哈哈！张嫂真逗！

乙　你猜老张怎么着？

甲　还能怎么着？肠子都悔青了呗！

乙　你错了，我昨天去看他，他正在给逐渐好起来的 A55 拍照呢，高兴得很！

甲　嫂子驱逐，正中他下怀！

乙　是呀！嘴里哼着小曲，高兴得屁颠屁颠的。

甲　哈哈哈……

甲、乙　固执的天鹅迷！！

拍客传奇

魏鹏

乙 天鹅湖畔人如织，全是著名摄影师。要想拍照拿大奖，三
　门峡我来拜师。很高兴能参加这次三门峡的国际摄影展，
　今天可以说是大咖云集，我就是个摄影爱好者，今天呢，
　我要在这儿拜师求教。不瞒您说，这是我第一次来到三门
　峡，三门峡太美了，那是徜徉天鹅湖畔，住在陕州地坑院，
　豫西大峡谷风光美，三门峡大坝俯瞰黄河水，老子论道函
　谷关，黄河湿地不一般，欲弄光影留美景，可惜不会拍
　照片。

甲 别动。

乙 什么情况？

甲 我抓了你一下。

乙 你咋不挠我一下呢？

甲 什么都不懂，我是说我抓拍了你一张照片。

乙 是吗？我瞧瞧。（看照片）嘿，一个微单您都能拍出来这种
　效果，看来您可是一位高手啊。

甲 高手不敢当，反正要提起摄影，我可以说是函谷关上读
　《道德经》——祖传哪。

乙 哟，这照相的还祖传呢，这么说您家盛产摄影师？

甲 那是，再者说摄影师是以前的叫法，现在我们有一个响亮的名字，叫拍客。

乙 哟嗬，还真时尚。那您能给我们详细介绍一下您这拍客之家吗？

甲 那你先把我的相机给我呀，好几万，贵着呢！

乙 那不行啊，我给你你跑了怎么办呢？你这里头还有我的版权呢。

甲 我就是拿你试试镜，然后我就给它删了！

乙 那不行，你照片拍得好，我绝不让你跑，我还想拜师呢。您给我讲讲你们家的故事，我再把相机还给你。

甲 你要非要听，我就给你讲讲我们家的拍客传奇！

乙 要说书？

甲 话说我们家是三代摄影，我爷爷是 1949 年新中国成立后参加工作的，我爸爸是 1980 年进入报社的，我 2010 年开设了我的摄影工作室，我们一家三代人见证了时代的变迁，拍出了时代的缩影，记录了咱们祖国走向强大的 70 年。

乙 这么一说，您家这三代拍客还真都有说不完的故事。

甲 那当然啦，而且我们这三代人的拍摄爱好还不一样。

乙 那你爷爷爱拍什么？

甲 我爷爷爱拍细！

乙 那您爷爷是个大导演。

甲 我说的是粗细的细！

乙 拍细的好，细的软乎，粗的面硬，不好嚼！

甲 你吃面条呢！我说的细是细节的细，好的摄影作品一定是细节之处独具匠心，以小见大，突出主题……

乙　那你爷爷都拍过哪些细节呀？

甲　我爷爷拍的多了，有天安门城楼上毛主席按动的升旗按钮，
　　有毛主席面对黄河思考时点燃的烟头，有佩戴着为人民服
　　务的胸牌坐在沙发上沉思的周总理那深邃的眼神，有雄赳
　　赳、气昂昂跨过鸭绿江的足印，有罗布泊腾起的那一片令
　　举国上下欢腾的蘑菇云，有雷锋缝补衣服的引线穿针，有
　　凤阳县小岗村按下的红手印，有中国女排夺冠时的滚滚热
　　泪……

乙　您说的这些画面，好多人都是记忆犹新哪，这么说你爷爷
　　是咱们新中国的第一代摄影师？

甲　那当然啦！

乙　太好了，我能拜你爷爷为师吗？

甲　你占我便宜！

乙　没有啊！

甲　俗话说得好，师徒如父子啊！哦，你拜我爷爷为师，跟我
　　爸一辈儿，我叫你叔。

乙　别客气。

甲　谁跟你客气了，再说了，我爷爷就是收你，你也拜不了啊！

乙　你爷爷收我，我肯定拜！

甲　那你去吧，去了你就回不来了！

乙　那不行，我想家呀！

甲　没事儿，回头我给你们俩多烧点纸！

乙　啊，老爷子不在了，那我还是别去了！

甲　虽说我爷爷已经不在了，但是他拍的这些照片成了历史的

经典……

乙　没错，看到这些照片我们就知道我们今天的幸福生活来之不易呀。我明白了，你爷爷爱拍细，那你爸爸呢？

甲　我爸爸爱拍马！

乙　你爸爸是个马屁精？

甲　你爸爸才跟屁虫呢！

乙　你说的你爸爸爱拍马呀！

甲　我是说我爸爸爱拍奔腾的骏马！

乙　那你爸爸追得上吗？

甲　你仔细听啊，我爸爸是 1980 年进入报社工作的，从那天起我爸爸就专门负责拍马。

乙　还有这工种？

甲　我爸爸拍奔腾在大地上的铁马，从绿皮火车到动车高铁，铁马奔腾穿行在祖国的大地上，火车提速标志着人民生活水平的大幅度提高，我们的列车越来越快了，我们祖国的发展也奔上了快车道，原来是火车向着韶山跑，现在是中欧班列通全球……这是不是穿行在祖国大地上的"铁马"？（唱《马儿啊，你慢些走》）"马儿啊，你慢些走喂慢些走，我要把这壮丽的景色看个够……"

乙　还唱上了，那还有呢？

甲　还有航行在大海上的海马。

乙　海马？你爸捞几个回来做药材？

甲　你这人人不老，眼界小啊！

乙　我让你夸我了！

甲　我说的海马是海里奔腾的骏马，从新中国成立初期的木船到我们拥有自己强大的海军，从万吨巨轮出海到核动力潜艇、导弹驱逐舰和远洋测量船，从海军航空兵到海军陆战队，从水面舰艇远行护航到航母编队扬我国威，这一艘艘驰骋在祖国万里海疆的"海马"，向全世界庄严地宣告，中国再不是海上弱国，中国再也不会落后挨打……

乙　说得好！

甲　（唱《我爱这蓝色的海洋》）"我爱这蓝色的海洋，祖国的海疆壮丽宽广……"

乙　好嘛，又唱上了！那还有吗？

甲　还有驰骋在天空中的天马。

乙　哦，天马行空！

甲　从第一种国产歼击机到歼－20为代表的新一代作战飞机的试飞成功，从普通战斗机到歼击轰炸机、预警机、加油机、运输机，再到隐形战斗机。空天一体作战防护系统的配备完成，我国从引进外机到自主研发，人民空军已经迈上了世界一流空军的征程，从热气球升空到热气艇飞行，从国外包机到C919自主研发成功，我国航空工业进入了快速发展的时代，一匹匹奔腾的天马在运送着人民的幸福，捍卫着祖国的领空。

甲、乙　（合唱《我爱祖国的蓝天》）"我爱祖国的蓝天，晴空万里阳光灿烂，白云为我铺大道，东风送我飞向前……"

甲　哟嗬，你也唱上了……

乙　我就知道你还得唱啊！

甲　我爸爸拍的天马怎么样？

乙　太好了，我明白了，你爸爸是一线的记者，报道了咱们祖国现代化建设方面的大量成就……

甲　怎么样，你可以拜我爸爸为师！

乙　好倒是好，就是你爸爸的工作得天天跑，太辛苦了，而且有时候啊，遇上突发事件，记者是最危险的职业！

甲　当然了，要当好一名摄影记者，就是要有记者的良心，而且也要有记者的胆略。尤其是在革命战争中，那些记录战争场面的记者给我们留下的珍贵画面，尤为可贵，所以说我们今天应该记住这些无名的英雄们！

乙　您说得我热血沸腾，可干这行我还真不行，我就是想拍个人，拍个景，让别人觉得我懂摄影。别看我现在没对象，我要会拍照可不一样，现在的女孩拍照都爱"P"……

甲　爱屁？

乙　哎，爱修图就是对自己不满意，我要把癞蛤蟆拍成美天仙，何愁这美女不到我身边，将来我好把恋爱谈，女朋友再也不用开美颜……

甲　哎呀，你这个志向太远大了，你就是为了找对象是吧？那你说的就是人像摄影，你可以跟我学……

乙　你爱拍美女？

甲　我爱拍大腿……

乙　哎呀，你这更厉害了，我拍照就为了搞对象，没想到你比我还开放……我可算找到知音了，那你爱拍大腿，我就敢拍屁股……

甲　走……你拍屁股走人吧！

乙　怎么啦？你说你爱拍大腿，我可不就拍屁股吗？

甲　你人体摄影来了，我说的拍大腿跟你说的拍大腿不是一个。我说的大腿是扛得起千斤重的大腿，我说的大腿是勇于担当的大腿，我说的大腿可不是普通的大腿，可它又是普通人的大腿，普通的大腿中透着伟大，伟大的大腿其实也是普通人的大腿！

乙　好嘛，我愣没算过来，您这是多少条大腿……

甲　你算不清楚，我告诉你，我拍的大腿可不一般……

乙　我知道美女长得赛天仙，美腿拍出来更美观，纤纤细腿像笔杆，三寸金莲露脚尖……

甲　哎呀，你观察得可真细呀，这些美女不难找，抖音、快手可不少，可我拍的不是这些，但我拍的却是这世上最美的大腿……

乙　你都给我整糊涂了，那你拍的到底是什么样的大腿？

甲　我拍的是抗洪大堤上那一个个背着沙袋奔跑的大腿，我拍的是阅兵方队中那汗水浸透裤管滴着水的大腿，我拍的是绵延山路上那赶着老马送信的大腿，我拍的是那严寒风雪中矗立在马路上指挥交通的大腿，我拍的是田间地头辛勤劳作、丈量田亩的大腿，我拍的是为了乡亲们脱贫奔忙不停、吃苦受累的大腿，我拍的是疫情中冒着生命危险救死扶伤的穿着隔离服的大腿，我拍的是双腿截肢，但却跪着给山里的孩子传授知识的那个没有大腿却胜似有大腿的大腿。就是这些踏踏实实走好人生路的大腿才让咱们中国的脚步迈得这么坚实，这么无悔！

乙　说得太好了。

甲　（唱）泥巴裹满裤腿，汗水湿透衣背，我不知道你是谁，我却知道你为了谁。

乙　听您一席话，胜读十年书。听了您这一家子的拍客传奇，我才明白什么才是一个有良心、有职业操守的摄影从业者，才明白我们的镜头应该对准哪里，怎么才能发现咱们生活中真正的美！

甲　对啊，现在有些人哪，手里拿个相机，天天就知道啊，拍美女拍帅哥，拍完美景拍豪车，拍胳膊拍大腿，还跟踪别人拍出轨……

乙　您说的这些我都干过。

甲　所以说我们的生活需要美，可摄影师发现的眼睛最可贵，我们可以拍美女、美景、美生活，也要把镜头聚焦到我们祖国发展的脚步和平凡的建设者上。比如拍我们的母亲河从历史的多灾多难到今天的幸福安澜，我们会为咱们新中国 70 年来的治黄成就而欢呼点赞。拍咱们天鹅栖息的湿地，我们会为保护环境取得的非凡成就和人文素养的提高而感叹。每隔一年拍下一张幸福的全家福，我们会更加珍惜亲情。拍拍每一个平凡的人在平凡岗位上做出的不平凡成就，你才知道好人就在身边……

乙　您说得太好了，以后我也想像您这样，拿着手中的相机服务社会，造福人民！

甲　这就对啦！

乙　我能拜您为师吗？

甲　可以呀。

乙　太好了，我连拜师的礼物都准备好了……

甲　是吗？

乙　（拿相机呈上）您笑纳！

甲　噢，我的呀。

摄影新星

石安辉

甲　哎，哎！听说了吗？第十三届中国摄影艺术节暨第四届天
　　鹅之城——中国三门峡自然生态国际摄影大展，将在三门
　　峡隆重举行啦！

乙　哟，这你都知道？

甲　当然，我可是个影星呀！那个厉害，嘿！整天忙得参加各
　　种大展，东奔西走……

乙　你等等，先别忙，请问你什么时候成为影星啦，我怎么就
　　不知道呀？

甲　朋友圈里都知道，就你不知道？！

乙　那你倒是说说你出演的什么电影呀？

甲　电影？！哎哟，大家听听，现在疫情好不容易控制住了，你
　　居然就想娱乐了。警告你，就算现在嘴上不用戴口罩，心
　　里也要时刻戴着口罩！

乙　嘿！这不是你说在忙电影吗？

甲　我什么时候说我忙电影啦？

乙　就刚刚，大家伙儿可都听着呢，你说的，（学甲的口吻）我
　　可是个影星，那个厉害，嘿！整天忙得，东奔西走。这是

不是你说的？

甲　你看，和你这没追求的人在一起说话，就费劲！一听见啥星呀，就联想到金星、木星、海王星，没日没夜围着转个不停！我告诉你，深入抗"疫"一线的钟南山院士，还有许许多多参与疫情的奋斗者，才是我们应该永远追随的、最闪耀的共和国明星！！

乙　好！（热烈鼓掌）说得太好啦！那你这影星到底是……

甲　听好了！我是摄影界冉冉升起的一颗新星，简称——影星！（说着，双手举在头顶比心形，双腿呈 O 形上下晃）。

乙　哎哟哟！

甲　怎么样！大影星！（继续做动作）

乙　大影星没看出来，大猩猩倒是挺像的。

甲　拉倒吧你！那是你没水平。

乙　哟嘿！那证明你的水平很高呀。

甲　那可不，我的水平在我们那摄影圈里是最高的一个。

乙　是吗？

甲　那可不，别人的水平都是这么低，我的水平是这么高（用手比画）。

乙　水平高低还能用手比画出来？

甲　那是，我这水平高呀……不管天气有多冷，环境有多恶劣，照常开了盖，拔了塞，倒出来还都是热水。

乙　暖水瓶呀！

甲　废话嘛！天这么冷，搞摄影的，在外面还不得喝点热水啊。

乙　一点儿吃苦精神都没有，还学摄影，您没再整个军用大衣穿上？

甲 军用大衣犯得着吗？哎——喂，喂！谁把我的军用棉被拿走啦？

乙 好家伙，这位蹬鼻子上脸！

甲 你知道什么呀？这可是三门峡市摄影家协会主席孙振军送我的，后面还有十几个副主席排着队抢着想要，我都没舍得给！

乙 嘁，人家抢你这被子干啥？

甲 也许是席多被子少吧。

乙 净瞎说，这证明三门峡摄影协会人才济济，兵强马壮！

甲 开个玩笑！主要呀，这绿色的军被体现了摄影前辈对后辈的殷切关怀与希望，并且还有个最重要的功能，是为了更好地掩护我和我的长枪短炮！

乙 你这准备打仗还是怎么的？

甲 嘁！啥都不懂，这湖里的天鹅机警得很，我的高级专业摄影设备这么长（伸开双臂，比画夸张），简称——长枪短炮！不藏好了，这几只天鹅可是刚刚飞过来，别给惊着了！

乙 还高级专业设备，这么说来，你这是在三门峡天鹅湖城市湿地公园拍摄呢！

甲 嘘——小声点……（装作躲在棉被中）。

乙 怎么样，拍到了吗？（做小心翼翼状）

甲 OK！在我坚持不懈、不畏严寒的情况下，"噌"一声，拉长了设备，按住快门的那一刻！终于……

乙 终于拍到啦！

甲 终于把天鹅吓跑了……

乙 嘁，白忙活了。

甲 什么叫白忙活了，虽然没拍到圣洁美丽的白天鹅，但我也充分理解到了"绿水青山就是金山银山"的伟大号召，欣赏到了三门峡黄河湿地优美的风光，享受到了人与自然和谐共生的奋斗成果，更深刻体会了摄影家身上那种锲而不舍生忘死守阵地球不爆炸我们不回家的精神！

乙 嗐！你能把那成语分清楚点吗？再说地球都爆炸了还能有家吗？

甲 摄影家，摄影家，必须有家！

乙 好了好了，这动物你拍不了，那你去拍拍景物吧！

甲 去哪儿拍景物？

乙 三门峡百里黄河生态廊道呀！不仅漂亮，还是河南省 6 个"样板"工程之一！那风景壮丽，近瞧绿柳红桃，远眺高铁虹桥，仰望中条巍巍，俯瞰黄河滔滔，春夏秋冬各具奇观，简直就是一幅绚丽多彩的山河画卷……

甲 你等等，黄河生什么？

乙 三门峡百里黄河生态廊道！

甲 三门峡什么廊道？

乙 百里黄河生态廊道！

甲 多少里？

乙 一百多里！

甲 再见！

乙 哎，怎么再见了？你这大——新星怕累着？还真把自己当二级保护动物啦？

甲 你背着长枪短炮走个一百多里试试。

乙 行行行，算是为了保护你吧，我再给你介绍一个地方，堪称人类建筑界的"活化石"——三门峡市陕州地坑院！

甲　这我倒是头回听说，走，看看去！

乙　说走就走！

甲　哎哟，这儿的游客还真不少啊！咦，我说这人怎么都往坑里面钻呀？（装作小心翼翼地往下看）

乙　怎么样？瞧瞧！知道这儿为什么叫"活化石"吗？

甲　呃……你把我往这坑里一推，活埋了，万把年后变成化石，简称——"活化石"！

乙　你这都哪来的乱七八糟的简称？这是黄河流域劳动人民的伟大创造，直接在平地中掘方坑，然后在四壁挖窑洞，居住于此冬暖夏凉！这种建筑方式还被形象地称为"地下四合院"，有四千余年的历史呢！

甲　厉害呀，那我得好好瞧瞧！可你也不早说，我没带降落伞，这怎么下去啊？

乙　就你这还高水平呢！就算有降落伞也来不及打开呀，来来来，入口在这儿！

甲　哎呀！这么神奇，我这就入坑了！原来古人一早就会挖坑啦！

乙　什么叫入坑了，这可和网络上说的坑不一样！这是先民们敢于挑战、勇于创新、勤劳智慧的结晶！是人家祖祖辈辈、世世代代传承、居住的家园！

甲　你慢点走，等我会儿。这洞连着洞，院儿连着院儿，穿来穿去的，把我都转迷糊了，跟地道战似的！哎，你说，当年要是把敌人引到这下面，那还不一个坑一个坑地灭呀！

乙　这个设计是地坑院景区最大的特色，把这片的地坑院都用隧道给连起来了，而每个院每个窑洞又有不同的特点，你看这边是陈列革命老物件儿的展示洞，那边是制作民间手工艺术的精品洞，还有东南面是旧时候的农具洞，西北角是早些年的储物洞……

甲　嘿！真不错！哟！这个洞这么宽敞，里面还有木头架子，（装着趴在架子上做俯卧撑）莫非是给我准备的健身洞吧！

乙　这是拴驴子的牲口洞。

甲　（俯卧撑变成弯腰双手下垂学驴子状）不管是什么洞吧，我感受到啦！这绝对是穿越历史、连接未来，崤函大地上的幸福吉祥洞呀！

乙　说得没错，那就赶紧拍摄吧！

甲　好嘞！哎，这不行啊！地方是好地方，可人太多啦！我包里的超级设备根本施展不开呀！（两个人凑在一起装作很挤的样子）

乙　确实，随着知名度、赞誉度的提高，这游人是越来越多啦！

甲　实在不行，咱等到晚上再拍吧！

乙　别价！晚上地坑院的灯展一开，那火树银花、金碧辉煌的，就更热闹啦！

甲　你看，你这不耽误我这新星，冉冉升起吗！（双手再次举在头顶，双腿上下晃）

乙　耽误你爬树了是怎么着？

甲　（学猴子叫）再说我挠你！

乙　好好好！这样，我再带你去一个绝对宽敞的地方，保证让你可以尽情爬树，不是不是，是绝无拘束！

甲　什么地方？

乙　有着万里黄河第一坝之称的——三门峡大坝风景区！去过吗？

甲　没去过……

乙　这可是在黄河之上修建的第一座大型水利枢纽，三门峡这个城市就是因它而起，想当年全国的专家技术人才在这里齐聚一堂，贡献力量！它可谓真正的"天皇巨星"呀！

甲　关键是你早说啊，如果我早点知道，把这万里黄河第一坝建设的每一个过程都拍下来，那我绝对在摄影界名气倍增呀！

乙　你可拉倒吧，60多年前的事情，我就是早产也来不及说！知道这大坝建在什么位置吗？

甲　不知道。

乙　知道三门峡为啥叫三门峡吗？三门是哪三个门吗？

甲　具体哪三个门不知道，但你肯定是偷偷走了后门吧，不然你咋对三门峡了解得这么清楚？

乙　嗬！就你这水平（用手学着甲比画），肯定啥也不知道！来来来，跟我来吧！

甲　哎呀呀！太壮观啦！听说是听说，今儿一见，果然是不看不知道，一看吓一跳啊！

乙　精彩还在后边呢！

甲　原来这还能下到坝底！

乙　那当然！咱们现在通过坝底隧道来到了张公岛。瞧！这边就是著名的象征着中华民族精神的中流砥柱！

甲　太棒啦！这真是……这看着咋还没我的暖水瓶高呢……

乙　别看它不是很雄伟，却在激流中伫立了很多年了，这种自强不息、英勇无畏的精神，自古就受到百姓的争相传颂，后来惹得唐太宗还专门给它题过诗呢！

甲　佩服佩服！其实我是想说我在它们跟前就像个暖水瓶……

乙　你终于学会谦虚了？

甲　开什么玩笑，"天皇巨星"和"民族象征"都在这儿杵着呢，我能不虚吗……那三门到底在哪儿呢？

乙　三门其实就是河流中的三道峡谷，分别称为人门、鬼门和神门，三门峡便由此而得名。曾经的三门让百姓对行船和防洪苦不堪言，而现在三门的位置已经化作雄伟的大坝，永远驻守着华夏的安澜！

甲　没错！这大坝象征着心系国家、心系人民的每一位仁人志士！

乙　太对啦，也象征着守护和热爱这方土地的每一个人！

甲　更象征着给咱大开方便之门，让咱摄影事业伴着廉政甘棠，能尽情地开花结果的领导们！

乙　嘿！我说别套近乎啦，这地方够宽敞吧，赶紧拿出你那超级设备开始摄影吧！

甲　没错！待我打开包，拉开设备。（手比画着拉长设备）不行呀，这大坝和砥柱还是照不全呀！

乙　怎么会呢？你这不是超级设备吗？

甲　是呀，你看这杆儿我都已经拉到头了呀！（摆出自拍的样子）

乙　自拍杆儿呀？！

小品

拍客

马晓辉　杨书容

时间： 初冬某日距离日出 10 分钟

地点： 天鹅湖畔

人物： 老拍客——40 岁左右，简称老

小拍客——20 多岁，简称小

上海拍客——商人，30 岁左右，戴眼镜，简称上

广州小夫妻——25 岁左右，简称甲（男）、乙（女）

【幕启：大屏幕显示天鹅湖畔黎明前寂静的场景，轻雾漫漫，天空泛着鱼肚白，时间 7：14：42，小拍客上。

小　哎呀！我叫范建，范建的范，范建的建，你说我爸妈怎么给我起个这名呢？

老　范建啦……

小　哎！

老　我说你老是瞎跑个啥，再瞎跑，就找个绳子拴着你，走哪

儿牵哪儿。

小 （笑）我宠物狗啊！

老 不是狗你张这么大嘴咬我啊……（笑）这就是拍彩环 A04、A22、A26 最好的地方。

老、小 有山有水有城市，人与天鹅和谐共处！

小 师傅你说今天彩环 A04、A22、A26 的大天鹅会来吗？

老 一定来，你注意拍啊！鸟网还等着今天晚上要第一手资料呢，记住就在这儿等。

小 放心吧！咱们就抓拍那……

老、小 太阳出来那十分钟的！

小 天鹅飞来的片儿！（舞蹈）

老 小能豆，看把你给能得！我去趟白天鹅宾馆，昨天来了几个外地的朋友，我把他们带过来。别再瞎跑了啊！

小 放心吧师傅，守好地儿，拍好片儿！今天就看我的了！

老 又来了！（笑着下）

小 架好三脚架，找好平衡，师傅说能拍好天鹅就是爱三门峡，爱家乡。今天就看我的吧，拍出一张有山有水有城市的彩环 A04、A22、A26 的大天鹅飞来的照片，发给鸟网……（唱）"地也美也，山也美也，水也美也……"
〔上海拍客扛着三脚架上。

上 哎哟，这个眼镜沾上霜，就像踩上桩，这深一脚浅一脚的，哎哟！这是什么？（碰到了小拍客，上下摸着说）好像是个人哦。

小 不是人是宠物狗啊！

上 啊！哎哟，吓死人了！

小　没吓着你吧！

上　哎哟，你没吓着我吧！

小　啊！

上　错，是我没吓着你吧！

小　你没吓着我！

上　（手拍着胸脯）哎哟，那我就放心了！吓死我了！

小　你没事吧！

上　没事！（故作镇静）不好意思啊，小同志！人潮人海中能碰到你，这不是缘分，是雾啊！

小　啊！

上　你是三门峡本地人吧？

小　是！

上　这是天鹅湖吧？

小　是！

上　这个地方是拍天鹅最好的地方了吧？

小　是！这儿拍出的片儿那叫有山有水有城市，人与天鹅和谐共处！

上　那这个地方属于我了。（挪开小拍客的三脚架，摆上自己的三脚架）

小　是！

上　谢谢！

小　哎，不行！

上　为什么？

小　为什么，我有任务的，我师傅交代的，我必须在这个地方拍！而且是我先来的！

上　我跟你说啊小同志，我也有任务的，而且我这个任务非常重要的，跟你的任务不一样的，我忙的是正事的！

小　嗯，那我忙的也不是闲事啊！我今天要给鸟网传第一手资料，有天鹅的迁徙路线！

上　小同志你听我说啊，我这个事情很重要，我就一会会儿，拍几张图片，做成图片故事，配上诗歌，一定很美！你来，你站好了啊，我给你朗诵一遍，你帮我听听感不感人啊！

小　好！

上　啊！

小　吓死我了，你一惊一乍的！

上　天鹅伴着太阳起飞了，我的梦想也和着朝阳起飞了。

小　停！那你可快点啊，就一会会儿是吧？

上　嗯！就一会会儿！

小　（看看表）快点！

上　好，（开始架设备）就太阳出来那十分钟的！我一定一会会儿就好！你放心好了，我不耽误你的事的！

小　啊！那不行。

上　不是说好的吗，怎么能这个样子呢？你这个小同志，你这样不好，我听说三门峡人都是好客的、礼貌的、谦让的，怎么你就不是呢？

小　我是！正因为我是三门峡人，正因为我们三门峡人守信用，我明天就要交片儿了，这个地方今天才不能让给你！

上　你是不是三门峡本地人？你骗我的是吧，你不是，你说……

小　太阳出来那十分钟留给我好不好，时间不多了，你让我先照好不好？

［二人争执，广州小夫妻气喘吁吁地跑着上。

甲　红太狼啊——快点——

乙　灰太狼啊——你能找到那个拍照的地方吗？

甲　可以的啦！

乙　照相机带了吗？

甲　带上的啦，啊！我忘拿了，放公公那儿了！

乙　哎呀，怎么办的啦！8 点的高铁马上就要开了，我就是想要拍那太阳出来的十分钟的，要拍那个有山有水有城市的背景，人与天鹅和谐共处！拍不成我就不和你结婚，不和你入洞房！

甲　红太狼你可以拿平底锅砸我，可不要这样吓唬我的啦！我看见那个地方了，好像有两个人，我去找他们商量商量好不好？

乙　快去啦！

甲　好的啦！（跑过来）你们好啊，帮帮忙了！

小、上　（停下争执）没问题，你说！

甲　我和我的红太狼……

小、上　啊？

甲　不是，是我的老婆，要赶 8 点的高铁，回老家结婚入洞房！

小　那你还不快点呀！

上　时间快来不及了！

甲　是！所以要请你们帮忙的啦，我才能结婚入洞房的啦！

上　你结婚入洞房我们帮啥忙？

小　就是！

上　不合适的！

甲　不是！我结婚入洞房，请你们来照相！

小、上　啊！那就更不合适了！

甲　哎呀！我怎么说不清楚的啦。红太狼啊——老婆！

乙　灰太狼——老公，说好了吗？

甲　我嘴巴笨！你说。

乙　两位摄影老师，我们想和天鹅照张相，在婚礼上放给大家看！

小　是这么回事啊！

甲　就是这么回事的啦！

上　那你们要什么样的背景呢？

甲、乙　有山有水有城市的啦，人与天鹅和谐共处的啦！

小、上　没问题！

甲、乙　太好了！太阳出来的那十分钟的啦！

小、上　啊！那我们呢？

甲、乙　你们也结婚？

小、上　谁结婚啊？

上　我要搞图片故事！

小　我要给鸟网报第一手资料！

甲、乙　那我俩还要结婚呢！

上、小　下回行吗？

乙　二婚啊！

甲　我可没这个胆啊，那我家得砸坏多少平底锅呀！

众　那怎么办啊！

乙　都别争了，咱们一个一个来行吗？你也是外地来的吧，你先来！

上　谢谢！

乙　你需要多长时间？

上　不长！

乙　几分钟？

上　9分58秒！

乙　啊！灰太狼——

甲　红太狼——老婆！

小　哎呀，你们为什么都要争这十分钟呢，等我照完了马上让给你们行吗？

上　你知道我为什么要拍这样的照片吗？

甲、乙、小　为啥？

上　我要给我老婆看！

小　嗯？

甲　你也怕老婆？

乙　你！（对着甲）

甲　怕老婆好，有饭吃……

　　［抒情的音乐起。

上　今年三门峡旅游节我来了，三门峡特博会我来了，我觉得这个地方有商机，这个地方能发展。它地处晋陕豫黄河金三角，交通又便利，能源也丰富，我就想把我的事业放在这个地方来，可我的老婆不同意，说你去哪儿发展不好，非要到那个地方。我本想带她一起来看看，可我的企业在海外有个项目是她负责的，她出差去了，我就想在这太阳出来的十分钟拍几张照片给她看看，让她知道咱们三门峡是个好地方，是个天鹅都来居住的好地方！天鹅伴着太阳起飞了，我的梦想也和着朝阳起飞了，这十分钟必须给我！

甲　那你们知道我们为什么要拍这样的照片吗？

乙　我们俩大学毕业后来到三门峡发展，我们在这里相识，在这里创业，在这里安家，天鹅见证了我们的爱，我们要和它照张婚纱照，就是要和太阳和天鹅一起合影，就是要让它们来见证我们的爱跟太阳一起升起，和天鹅一起飞翔。三门峡，我梦开始的地方，更是我们梦起飞的地方。（甲、乙脱下大衣露出婚纱和礼服）看今天虽然很冷，但我们的心是热的！这十分钟让给我们行不行的啦？

小　好，那我们就一起来！一起来留下天鹅迁徙的资料，一起来见证你的事业，你们的爱情！一起和太阳，和天鹅合个影好吗？

众　好！

　　〔老拍客带着一群拍客上。

众　还有我们呢，我们也一起来！

　　〔大屏幕显示天鹅湖太阳初升，日出时间7：24：42。

老　太阳出来了！天鹅飞来了！

众　三门峡！天鹅城！有山有水有城市，人与天鹅和谐共处！

　　〔大屏幕三门峡的天鹅照片随着快门声在屏幕上轮流定格。

自拍控

耿建华

时间： 当代

地点： 某公司办公室

道具： 桌椅、自用手机等

人物： 李　美——26岁，职员，爱自拍

刘立飞——28岁，部门经理

李　苏——26岁，李美同事

【幕启：李美手拿手机上。

李美　　本人是个自拍控，只要有时间就拍几张，时时刻刻让大家看到我李美的状态，我就是这么美，这么自信，有错吗？先来几张连拍。

〔李美摆姿势拍照，点手机，传到朋友圈。马上一串点赞声。

李美　　美死我了。可是，昨天我们经理递给我一封辞退信，上面写着："世界那么大，我想让你去看看。"我问为什么？他说，你真是个狂热的自拍控，利用上班时间

做各种自拍，然后发到网上，有泄露公司商业秘密的嫌疑。我懒得跟他争辩，欲加之罪，何患无辞？此地不留姐，自有留姐处。姐就不信了，姐这个骨灰级自拍控没有用武之地！

[李美又一阵自拍。

李美　　这不，我刚投了份简历，特长一栏我这样写，（外音加各种自拍状态）我可以仰拍、卧拍、躺拍、侧拍，连续摆拍 9 种姿势不重样。姐我死马当活马医，等着好消息喽。

[手机信息音。

李美　　（拿着手机自语）这个世界上你要永远相信有奇迹，这家公司竟然让我去面试！去面试，我是万事俱备，连东风都不欠。

[李美在微信朋友圈上传自己的九连拍。

李美　　姐找好新东家了。

李美　　（李美四下张望）就是这家了。

[公司办公室内，面试官刘立飞坐在椅子上看手机。他戴着眼镜，表情严肃。李美小心地坐在刘立飞面前的椅子上。

刘立飞　（自我介绍）我叫刘立飞，是广告部的经理。你的特长有点意思——自拍，这个虽然没什么技术含量，但是我们公司就喜欢这种勇于展现自己的人。如果你被录用了，你会给公司带来什么呢？

李美　　（大着胆子）这是一个宣扬个性加抢头条的时代，我会像连续自拍宣传自己一样宣传公司。

刘立飞　（脸上的表情放松了，轻轻笑了一下）今天就上班吧。

　　　　　[刘立飞下。桌子上摆满了各种日用品。

李美　　（拿着蟑螂药、洁厕精等，对着它们含情脉脉地）自从用了它们，妈妈再也不用担心家里的卫生了。

　　　　　[李美把这些自拍相片发到公司的网站和微信公众号上。

李美　　（看着室外经理室的牌子，咬牙切齿地）我终于明白刘立飞当初暗笑的含义了。

　　　　　[刘立飞和李苏争吵着上。

李苏　　每天不停地发自拍照片，我都快被逼疯了！

刘立飞　这就是你的工作！

李苏　　我要辞职！我无法应付你那些随时随地冒出来的稀奇古怪的想法，这一秒刚摆完设计好的动作，说完设计好的台词，下一秒你已经否决了自己的创意。

李美　　就像追日的夸父一样，不停地跟着他这个太阳跑，跑了一会儿就都被他晒跑了。

刘立飞　（走过来）李美，你觉得怎么样？

李美　　（一摊手）还行。

李苏　　（不屑地）真是奇葩。

李美　　不欣赏你的人，你的优点在他那里都是缺点；欣赏你的人，你的缺点在他那里恰恰都是优点。

刘立飞　咱们公司打算组织一次日化品进社区活动。现在购买力最强的是大妈们，所以，我们要进社区吸引、包围大妈。你有什么出奇的创意给这些产品弄些卖点吗？

　　　　　[李美拿着一本杂志，是某明星戛纳走红毯的照片。

李美　（自语）这真是功夫不负有心人啊！姐我无意间就看到了这个段子：妈，咱家的大花床单呢？被你姐姐披戛纳去了。（李美笑了）

李美　（一下子坐起来）创意有了，大妈们对大花床单感情浓厚啊。戛纳这辈子我是去不了了，但我可以披大花床单进社区啊。

刘立飞　很好，我再补充一点细节地方应该注意的。

　　　　〔刘立飞用赞赏的眼光望着李美，一股暧昧的气流开始在俩人之间涌动。响起夸张的音乐。

刘立飞　（轻轻咳了一声）赶紧准备去吧，越快越好。

　　　　〔（背景镜头）大妈们一起抢购大花床单，还有日化品，一茬又一茬地买洗洁精和蟑螂药。

李苏　李美，感觉咋样？

李美　（一边自拍一边说）这次自拍是我最有成就感的一次。

　　　　〔同事们争相跟李美自拍合影，刘立飞在一边尴尬地看着。李美一摆手，刘立飞赶紧跑过来。

李美　（和同事们摆好姿势）茄子！

　　　　〔李苏下。李美坐在刘立飞对面，含情脉脉。

刘立飞　（咳嗽一声）李美，马上就到公司周年庆了，公司希望咱们部门再次在活动中做领头羊。

李美　好！我们一定做个出类拔萃的表率。

刘立飞　就这样吧。

李美　没别的事了？

刘立飞　（一愣）别的，什么事？

　　　　〔刘立飞下。李苏上。

李苏　　（用手在李美眼前晃晃）拜托，别犯花痴了，虽然你和诸葛亮旗鼓相当，但公司是不准谈恋爱的。

李美　　（尴尬地掩饰）我在想广告呢。

李苏　　（过来拍拍李美的肩膀）刚才你和他交谈的瞬间，我已经拍下来发给你了。亲，记得上传朋友圈哦。

李美　　（一跺脚）发就发，我是脸皮厚的自拍女，怕什么。与其让别人黑，不如自己黑！

李美　　（发图片）和你在一起的那一刻，是我最幸福的时刻。

　　　　〔李美再次一气呵成九连拍。刘立飞上。

刘立飞　（生气地）你怎么什么都往朋友圈发啊，现在满公司都在议论我和你。

李美　　（漫不经心地）议论呗，我就是喜欢你，怎么了？你可以不喜欢我，但是，你不能阻挡我喜欢你。

刘立飞　（愣住了，呆呆地望着李美）要么你辞职，要么我辞职，你选择吧。

李美　　你这是变相地炒我鱿鱼，没事儿，我又不是没被炒过，我辞职！

　　　　〔李美走出来，依然是九连拍，噘嘴、挖鼻、皱眉、瞪眼、捂脸等一系列动作一气呵成，拍完马上上传。

李美　　（边自拍边自语）作为一枚骨灰级自拍女，生气也不会阻挡姐自拍的脚步。

　　　　〔李美接到李苏的电话。

李苏　　（笑着）我算服你了，就算铡刀在前，你也要自拍的对不？

李美　　（回敬）恭喜你，答对了。

李苏　　　你真不生气？

李美　　　我没生气他非炒我鱿鱼，我生气的是他明明喜欢我，
　　　　　却不敢承认。就因为公司不准谈恋爱，他就要隐藏自
　　　　　己的感情吗？

李苏　　　（哈哈大笑）我敬你这姑娘是条汉子，十点你来公司天
　　　　　台，姐只能帮你到这里了。

　　　　　［李美重新清理了一遍办公室，拿走原来打算不要的笔
　　　　　记本。李美出来。（背景换成楼顶天台）李美走近天台
　　　　　边缘的护墙，突然，刘立飞从后面飞快地冲出来抱住
　　　　　李美的腰，将李美整个人拖了下来。

刘立飞　　（朝李美怒吼）你要做什么？

　　　　　［李美有点困惑，摊开手掌里面的猫食，又指指护墙。

李美　　　嗯，那儿有一只流浪猫跑到了外面的平台上，我想喂
　　　　　喂它。

　　　　　［一只脏兮兮的猫咪正畏畏缩缩地蜷在那里。刘立飞低
　　　　　下了头。

李美　　　（仰起脸问）你干吗要抱我？

刘立飞　　你上天台了，我以为你要自杀。

李美　　　（眼睛里露出一丝得意，故意惊呼）只是恋情被拒，外
　　　　　带失个业，多大的事啊，我还不至于要自杀。

刘立飞　　（抬起头轻轻拉起李美的手）李苏跟我说，你去天台
　　　　　了，我脸都吓白了。那一刻，我才清醒，你在我心里
　　　　　有多重要。事业和你比起来，只是浮云。

李美　　　（直视刘立飞）你的意思是答应和我恋爱了？

刘立飞　　（回望着李美）你说呢？

〔李美看了一眼躲在天台角落的李苏，伸出手摆了个胜利姿势！

李美　（把猫从筐里抱出来）我想收养这只猫，给它起个什么名呢？对了，就叫自拍吧。从今天起我是自拍的妈，喂，你是自拍的啥？（坏笑地望着刘立飞）

刘立飞　（拍了李美的头一下）我是自拍的爹。

〔李美、猫和刘立飞相拥在一起。

雪纷纷

马营勋

时间：寒冬

地点：三门峡天鹅湖

人物：天鹅妈妈、若干小天鹅、雄天鹅、雌天鹅、毛头小伙和大胡子男（可由一人分饰）、天鹅爸爸

【幕启：天鹅妈妈和众小天鹅边舞边唱上场。

全体天鹅　（唱）雪纷纷，雪纷纷，昨夜飘落至清晨。天寒地冻湖结冰，鱼虾潜底无影踪。初来乍到陌生地，今天的早餐在哪里？在哪里……

一小天鹅　妈妈，爸爸去寻吃的，怎么还不回来啊？自从昨晚上咱们降落在这个湖汊里，我们都没吃一点东西呢，我饿……

众小天鹅　我饿，我也饿……

天鹅妈妈　别急，孩子们，这大雪盖住了万物，我们很难找到食物，现在都听妈妈的，立正！目标，对面湖畔。

一小天鹅　干什么？

天鹅妈妈　找吃的。

一小天鹅　妈妈，你不是说不要靠近湖边吗？你不是说要小心人类吗？

天鹅妈妈　傻孩子，这大雪纷飞、天寒地冻的，谁还出来啊？出发！

众小天鹅　找吃的喽！找吃的去喽！（唱）泡面碎渣渣，香甜爆米花，半拉脆水果，我的最爱啊！我的最爱啊！

一小天鹅　（突然）妈妈，快看，那是什么？

天鹅妈妈　什么？（仔细瞅）岸上三脚架，上面黑疙瘩，伸出长圆镜，对准我们哪。（突然）不好，人，摄影人！快撤，快躲进芦苇丛里去！小心噼里啪啦！小心噼里啪啦……

　　　　　　〔天鹅们纷纷后移。

众小天鹅　（面面相觑）噼里啪啦？

天鹅妈妈　（唱）噼里啪啦，噼里啪啦，多么恐怖的声音啊，我可怜的孩子，你在哪儿啊？（回忆）

　　　　　　〔切光。

　　　　　　〔追光，一个脖挂照相机的毛头小伙上。

毛头小伙　嘿，天鹅！（赶紧左拍右摄，仍不满足）来，飞一个，飞一个，（叫喊）"嗷嘘""呱咚"，不飞是吧？（从兜里掏出鞭炮，用打火机点着，扔出去。配音："噼里啪啦"的炸响声，天鹅慌乱鸣叫声。赶紧拍摄）哈哈，凌波江湖，一跃而起，展翅高飞，拜拜（朝空中摆手），妥了，获个大奖去。

　　　　　　〔毛头小伙下。追光，天鹅妈妈急切地寻喊。

天鹅妈妈　小六，小六，你在哪里……？

　　　　　　〔切光。

　　　　　　〔光亮，众小天鹅围着妈妈。

天鹅妈妈　（悲痛地）那是我生下的第一窝孩子，这"噼里啪啦"惊飞了你的小六哥哥，至今也不知道他迷失在哪里，是死是活。从那以后我们再也不在那片湖面过冬了，那是妈妈的伤心地啊！

一小天鹅　妈妈，我们为什么会怕"噼里啪啦"啊？

天鹅妈妈　不是我们，是所有鸟类都怕，因为"噼里啪啦"的时候，不是大火在燃烧，就是枪炮声响了，都是恐怖危险的声音啊！

一小天鹅　可是，妈妈，我们就不吃东西了吗？我饿，我饿……

天鹅妈妈　再等等，一会儿你爸爸就回来了，到了中午，这摄影人啊，也会离开去吃饭的。

众小天鹅　好吧。（颓丧地坐了下来）

　　　　　　〔配音：时钟滴答声声。

天鹅妈妈　（唱）雪纷纷，雪纷纷，摄影人早已成雪人，时间已过午啊……（小天鹅："他不饿吗？"），难道待黄昏？（小天鹅："他不冷吗？"），噼里啪啦未曾响，难道你不是那样的人？那样的人……

众小天鹅　我饿，我饿，爸爸还不回来啊？

天鹅妈妈　孩子们，都把耳朵捂起来，咱走出芦苇，一边找吃的去，一边等爸爸，好吗？

众小天鹅　好！（捂耳低身悄悄前进，唱）捂耳朵，猫着身，小心噼里啪啦吓掉魂，吓掉魂。

天鹅妈妈 （唱）捂耳朵，猫着身，摄影人早已成雪人，雪人为何突然要下蹲，要下蹲？（突然）不好，快回去，回到芦苇丛里去，小心石块儿！小心石块儿！

〔天鹅们纷纷退后。

众小天鹅 （不解地）石块儿？

〔切光。

〔追光，大胡子男脖挂相机上场，做各种拍摄姿势，仍嫌不过瘾，弯腰找寻，似捡到东西，"嗷嘘"投掷出去，继而瞠目结舌（似有失误），看下自己的手掌。配音：天鹅慌乱凄厉的叫声。大胡子男赶紧拍摄。

大胡子男 东奔西跑，冲天而起，仙女上天，（又向下）孤独大侠，（忽的）孤独？（仔细瞅）哟，翅膀受伤了？那就，独臂大侠（又拍一次），（忽醒悟地）独臂……（仔细瞅瞅，又看看自己的手，忙怯怯地）对不起，我不是有意的，我不是有意的，我只是想……（慌忙逃下）

〔追光，一雄天鹅抚臂仰天。

雄天鹅 （催促地）走啊，快走啊！

〔一雌天鹅跑近雄天鹅，轻抚着雄天鹅受伤的翅膀。

雌天鹅 不，亲爱的，你的翅膀被石块砸坏了，我怎忍心抛下你呢？

雄天鹅 （生气地大声道）滚！我不需要你照顾。咱们北归的时间很严格的，你知道啊，大家已经等了我好久了，可我……（捶胸顿足地自责）就是飞不起来啊！我不怪大家丢下我，因为飞回北方后立刻就要下蛋抱窝，耽误了时间就无法在秋风来临之前将孩子们喂得强壮，孩子们就很难经受得住秋天迁往南方的长途飞行啊！你留在这里，成全了爱情，却违背了生存，你知道吗？走，你快飞走啊！（推赶）

雌天鹅 不，咱们天鹅家族的婚姻就是从一而终、形影不离，我是不会离开你的！

雄天鹅 你傻啊，这南方的春夏季节，蚊蝇成团，蛇虫肆虐，野兽猖獗，烈日炎炎，阴雨绵绵，我们都活不下去的！你快走，咱们的鹅群已变成天边的小黑点了，再晚你就赶不上了，飞走哇！（大声斥责地）

雌天鹅 不，我要和你在一起。

雄天鹅 你！（无奈地、自责地、声嘶力竭地大吼）啊——！

　　［切光。

　　［光亮，众小天鹅看着尚在回忆中的妈妈。

众小天鹅 后来呢？

天鹅妈妈 （悲痛地）后来，他们俩，脖子缠着脖子，足足缠了好几圈啊！自杀了。（痛哭不已）是后来另一个天鹅群路过那里发现的。（唱）春花残，鹅声碎，萧萧冷雨落地悲。芳草心，恨风随，最不忍是离别泪……

众小天鹅 那个扔石块的太坏了，大坏蛋，大坏蛋！

天鹅妈妈 孩子们，咱们躲得再远点，都到芦苇后面去。

　　［天鹅妈妈和众小天鹅下。天鹅爸爸迈着滑稽的八字步，反向上。

天鹅爸爸 （唱）吃饱了，美滋滋，来叫老婆和孩子，北边小岛有美食，有美食……（东张西望）嗯？（喊）娃他妈，孩子们，你们去哪儿了？

［天鹅妈妈急出，拉住天鹅爸爸。

天鹅妈妈 （唱）快快藏，快快躲，你看岸边是什么？

天鹅爸爸 （唱）莫惊慌，莫害怕，（看）原来是个摄影的。

天鹅妈妈 （唱）快快躲，快快藏，一不小心命不长。

天鹅爸爸 （唱）莫害怕，莫惊慌，这不是他乡是故乡。

天鹅妈妈 故乡？

天鹅爸爸 对，大雪覆盖了参照物，咱们的家园我也差点没认出。

天鹅妈妈 咱们的家园？

天鹅爸爸 对啊，这里是黄河岸边的明珠，名字就叫天鹅湖。前些年，我和我爸妈曾在这里住，住在这里可真享福！

天鹅妈妈 享福？

天鹅爸爸 （朝内喊）孩子们，出来吧，北边小岛有美食。

［众小天鹅欢快而出。

众小天鹅 有美食！有美食！爸爸，什么美食啊？

天鹅爸爸 （唱）金黄香甜玉米粒，快来摸摸我肚皮。

［众小天鹅围拢上来。

众小天鹅 爸爸，我也要吃玉米，我也要吃玉米。

天鹅妈妈 可是要小心那个雪人，啊不，那个摄影人。

天鹅爸爸 哈哈哈哈，这里的人都是我们的朋友，那边有人专门负责投食玉米喂养我们。这里的摄影人呢，是宣传我们、保护我们的人，他们都不会伤害我们。

一小天鹅 妈妈，你看那个摄影人，不是在捡石块儿，他是跪在雪地里，给我们拍照呢。

天鹅爸爸 嘻，这里的摄影人是最好的摄影人，从不惊吓骚扰我们。孩子们，走，吃饱了，回来跳跳舞，让他好好拍拍！立正！齐步走！一二一……（下场）

　　［配音：时钟滴答滴答声，继而是手机铃声，接听是说话声："喂，啊我在三门峡，天鹅湖这儿拍摄呢。冷？能不冷嘛，天没亮就出来了。嘻，干俺这行的，不就是极端天气的逆行者嘛，就这到现在还没拍到一张天鹅飞的照片呢！什么，轰它们飞起来？咱能干那事儿？再说了，那还叫自然生态拍摄吗？"（突然惊喜地）"好了好了不说了，飞过来了，飞过来了，飞舞起来啦！！！"（快门声声）

全体天鹅 （边舞边唱上场）雪纷纷，雪纷纷，差点误会咱亲人，从早晨到黄昏，冷了饿了莫伤身，致敬传播美的人，致敬行为美的人……

　　［天鹅们三三两两呈不同优美姿势定格。

　　［大屏幕上闪过一幅幅三门峡天鹅湖的晨照、晚照、风雪照，特别是获奖照《风雪摄影人》（白淑珍摄）。

　　［幕徐徐落。

"鸟王"的婚事

乔书明

时间： 当代

地点： 豫西某饭店

人物： 马德青——男，三十多岁，豫西凤凰岭野生鸟
类摄影基地总经理

赵春草——女，二十多岁，鸟网摄影记者

舅　舅——男，四十多岁，赵春草舅舅

小美女——二十多岁，饭店服务员

　　　**【幕启：小美女将茶壶、茶杯和糖果、瓜子盘放在雅间
桌子上后，马德青领着赵春草、舅舅上。**

小美女 （出门迎接）马经理！今天中午您这见面酒宴，就设在
"鹊桥间"。您先喝着茶，吃着糖果瓜子，休息一会儿。
〔小美女下。

舅舅 （哈哈一笑，旁白）俺外甥女春草，最近谈了个对象，
老姐委托俺这当舅的，先替她把把关，仔细看看。中
了，就让他俩继续交往，实在不行的话，就让春草早

点跟他吹喽。

赵春草 （给马德青介绍）这是咱舅，今天见面酒宴上的主考官。（向舅舅介绍）来，俺给舅舅介绍一下，这就是俺谈的男朋友——马德青。

舅舅 （惊愕地）小伙子，你咋这么会起名字哩？俺外甥女叫赵春草，你就起个名字，叫"马啃青"?!

马德青 （慌忙解释）舅，您别听岔啦，俺的名字叫马德青——

赵春草 可不是"马啃青"呀！

舅舅 （满不在乎地摆摆手）别抠字眼啦，春草。你舅也没上过摄影院校，也没那么多"艺术细菌"，就依舅舅这笨眼看，那"马得青"跟"马啃青"的意思差不多。

马德青 对于水绿山青的凤凰岭来说，那造林"得青"，跟砍树"啃青"可错远哩！

赵春草 跟德青谈对象后，俺多次到凤凰岭调查采访，听村上老年人讲，前些年山民们穷得没办法，唯一的挣钱门路——

马德青 就是上山乱砍滥伐。他们哼着"上山一把斧，下山五块五"，一直把凤凰岭啃得光秃秃的，颧骨大高，瘦得露着肋巴骨。

赵春草 因此俺德青哥带着前些年在山外办公司积累的资本，返乡创业之后，就领着大伙儿植树造林，美化环境，让没条件到山外打工经商的父老乡亲们也都过上了好日子。

马德青 如今这凤凰岭上，山也青了，水也绿了——

赵春草 花也香了，就连被山民们誉为"金凤凰"的红腹锦鸡也飞来了。周围群众都竖起拇指，夸俺德青哥是"鸟王"。

舅舅 咦！这马德青咋又变成"鸟王"啦？

赵春草 由于凤凰岭山清水秀，鸟语花香，溪流水库畔，风景如画。加上俺德青哥天资聪慧、独具灵性，他在凤凰岭周围定点定时摆放蚂蚱、黄粉虫之类的可口饲料，精心喂养天外飞来的珍奇野鸟——

马德青 （遥望凤凰岭）如今这凤凰岭可是山清水秀，绿树成荫，百花齐放，万鸟争鸣，那钩嘴画眉、黑头鹦鹉、被山民称作"金凤凰"的红腹锦鸡，还有五光十色的"绶带鸟"，溪流水库畔的鹳鸟、天鹅……都云集到这儿，使凤凰岭像一个举办千姿百态的舞蹈音乐会的舞台，已经成了扬名四海的野生鸟类乐园。

赵春草 眼见北京、上海、武汉、广州，还有国外的野生鸟类摄影爱好者，带着长枪短炮，成群结队，从四面八方拥来，俺德青哥就当上了凤凰岭野生鸟类摄影基地的总经理。

马德青 公司在凤凰岭和溪流水库畔，为摄影爱好者在幽静地方建好摄影棚、安置好摄影窗口后，天天来这儿拍摄珍奇鸟类的游客如云，带来滚滚财源，恰好论证了习总书记的精彩讲话："绿水青山就是金山银山。"

舅舅 民间有句俗话，千里姻缘一线牵。春草，跟舅舅好好说说，你跟德青到底是咋认识哩？

赵春草 俺到浙江摄影学院上学前，就特别喜爱拍摄花鸟，特别是到鸟网当记者后，经常到凤凰岭野生鸟类摄影基地拍照采访——

舅舅 （微微一笑）这跑来跑去，嫩草就跟"马啃青"巧遇到一块啦。

赵春草 您外甥女素日就讨厌奶油小生、娘娘腔，听山民们讲罢德青的创业史后，俺觉得德青这步子迈得有板有眼，浑身都是男人味、英雄气概。

舅舅 （气宇轩昂地）这十个指头有长短，这人嘛，既有优点也有缺点，德青跟春草到底能不能喜结良缘，等舅舅全面考察过后，再一锤定音啊。

赵春草 （往幕侧方摆摆手）小美女，赶快把菜单拿过来，让俺舅亲自点菜。

舅舅 （看着菜谱，噼里啪啦地点菜）这炒肉丝、炒肉片、坛子肉、黄焖肉、三鲜水饺、四喜丸子，还有西安的羊肉泡馍，兰州的养颜百合，乌克兰那猪头、猪耳朵，再给我"兑"一大锅。

马德青 （微微一笑）舅，就咱三个人，您点这么多菜，一来吃不完，二来浪费钱。

舅舅 （心弦一抖，拍案大怒）德青，人家见面请客，都是骑骆驼耍门扇——大马金刀。你却给舅舅弄个骑老鼠耍剪子——抠唆小气。

赵春草 您别生气了，舅。俺德青哥这人，是一嘴吃个秤锤，弄啥都是实实在在，不会花言巧语。

马德青 舅，咱一不摆花架子，二不图造声势，弄啥都是脚踏实地，您点这么多菜，咱能吃完？

舅舅 （嘿嘿一笑）这叫买针不买针，试试你的心。德青呀，你若豪爽潇洒，咋不拍拍胸脯，说句胆大话：只要舅舅想吃，您随便点吧；只要桌子上能摆下，服务员尽管端吧。这九九归一，还是对你舅没真心，请客怕花钱。

赵春草 舅，您别隔着门缝看人，只要是舅舅想吃的特色菜，不管价钱多高——

马德青 （拍拍胸脯）您尽管点吧！

舅舅 这百人百姓，各有所爱，你舅最爱吃的就是细嫩鲜美的野鸡炖酸菜，咦！（掭掭口水）你舅就像馋嘴猴儿，说着口水就流出来啦。

马德青 （急忙摆手）舅，您点这道菜，如今饭店没有，再说，这道菜咱压根儿就不能要。

舅舅 （莫名其妙地）因为啥？

马德青 （义正词严地）野鸡又名七彩锦鸡，跟红腹锦鸡一样，属于国家明文规定的二级野生保护动物。作为给千千万万野生鸟类摄影爱好者提供"人鸟共家园"的"鸟王"，我必须首先担当起爱鸟的社会责任，珍惜大自然这精巧灵动之美，绝不能将野生珍奇鸟类，当作酒宴上的美味佳肴。

舅舅 （气冲两肋地）马德青！你跟春草这事儿，八字还没一撇哩，你就给舅舅弄个沙发垫子换铜锣——蹾里响。（一不小心，蹾在地上）

赵春草 （慌忙将舅舅搀扶起来后，旁白）德青哥，这是咱舅哩，今天这事，你能不能让他一下？

马德青 （斩钉截铁地）绝对不能！因为德青是倡导天人合一、共建和谐的"鸟王"！这万物并育添亮彩，是野生鸟类摄影爱好者的共同理想，如果舅舅坚持要上这道菜，那俺马上就离开。

舅舅　（一蹦老高）既然你不看情面，处处办舅舅难看，那我只好谢绝你这见面宴请。（拉着春草就走）咱立时撤宴、走人！

　　　　[马德青、赵春草、小美女立时围上去，将舅舅拉回来。

马德青、赵春草　（见舅舅坐在椅子上，两眼白瞪着，慌忙好言劝慰）舅舅，您千万别生气。

小美女　（好言劝慰）老师傅，您千万别生气。马经理可是国内外野生鸟类摄影爱好者崇尚敬仰的大功臣啊。

赵春草　（机灵地眨眨眼，一边给舅舅捶背，一边劝慰撒娇）舅，这俗话讲，宰相肚里撑舟船，舅舅肚子这么大，连这点小事都盛不下。舅舅，您说句心底话，今晌午见面这事，您到底给俺妈咋交代？

舅舅　（深深地叹了口气）傻丫头，这事还用问舅舅？这当长辈的，再生气也不能坏良心呀，俺马上给你妈打电话，俺赞成你跟德青继续交往，在现今这社会环境下，像德青这样耿直、实在的好青年，除了三门峡，咱往哪儿找哩？！

马德青、赵春草　（猛然松了口气，惊喜地）那刚才？

舅舅　（故意做个鬼脸）舅舅故意虚晃一枪，试试德青到底是不是名副其实的"鸟王"。

马德青、赵春草　（竖起拇指，齐声夸奖）您真是东亚、西非、南欧、北美"国际鸟网"应当表彰的——

马德青、赵春草、小美女　（合白）好舅舅！（四人大笑）

　　〔造型，落幕。

拔心刺儿

黄阔登

时间：初冬

地点：三门峡黄河湿地

人物：许　真——男，40岁左右，音乐老师，摄影师

　　　蔡小菜——女，19岁，许真外甥女，大学生，
摄影初学者

　　　阿　强——男，年轻游客

　　　珍　珍——女，阿强女友

　　　　　【幕启：舞台大屏幕显示三门峡黄河湿地初冬景色。
穿户外迷彩服、颇有文艺范儿的许真挎一把吉
他上。

许真　　（边弹边唱）生活不止眼前的苟且，还有诗和远方的田
野……三门峡黄河湿地，我的诗和远方，我又来啦！
（自我介绍）本人姓许，许仙的许，名真，真实的真，
是一所中学的音乐老师，还是一名户外摄影师，（稍停
顿）资深的那种。哈哈，纯属玩笑，艺无止境，不敢

自夸。

[穿户外迷彩服、背大包的蔡小菜上。她一个趔趄差点儿摔倒，被许真扶住。

许真　小心点，小心点，摔坏器材和人都不好。你这孩子，小身板，还非得抢着背东西。

蔡小菜　（坐在地上，气喘吁吁地）老舅，你不是常说哪有什么视觉盛宴，不过是摄影师为你们负重前行吗，所以呀，这段时间我要切切实实体验作为一名摄影师负重前行的滋味。

许真　体会到了？

蔡小菜　嗯，深有体会呀。没学摄影前，以为摄影就是"咔嚓咔嚓"按快门，哪想到还是一个体力活。

许真　喂，说过无数次了，"咔嚓咔嚓"那叫照相，不是摄影。这年头，人人都会照相，但不能说都会摄影。摄影是一门艺术，一门需要摄影人不断去学习、揣摩与创造的艺术。想要敲开艺术之门，没点艺术细胞是万万不行的，而艺术细胞，又不是每个人都可以幸运拥有的。

蔡小菜　（俏皮）老舅，你的每块头皮屑都充满艺术细胞，这我知道。但是，有件事，我可是一直耿耿于怀。

许真　啥事？

蔡小菜　反正与你的艺术细胞有关，说了怕你生气。

许真　说吧，生啥气呢。

蔡小菜　那行，说啦。当年我出生时，爸妈向你征求意见，说给我取个啥名好，您倒好，随口就说"叫蔡小菜吧"。我爸妈也是奇葩，嘿，当真给我取了这么一名儿。这事儿我问过他们，他们说你是名牌大学的学生，又多才多艺，取的名儿肯定错不了。本来姓蔡，还加个"菜"，还是"小菜"，这名儿……一言难尽呀！老舅，当时你的艺术细胞全放假啦？

许真 艺术来自生活嘛，这名儿我看很不错呀，还可以倒着念。

蔡小菜 （歪着头）我这名儿，顺着倒着有区别吗？

许真 （一时语塞）是，是……是没啥区别。其实呢，之所以取这个名儿，是希望你能够脚踏实地、平凡而不平庸地走好人生之路。

蔡小菜 哦，真不是随口叫出来的？

许真 真不是！咋还不信老舅了呢，认认真真从来都是我的人生信条。

蔡小菜 （站起来，伸出大拇指）从小到大，我就是佩服您老人家这股认真劲儿，学啥成啥。就说半路出家搞摄影这事儿吧，您是作品屡屡获奖，没几年就名声大振，对老舅您，我是大写的服啊！

许真 少贫嘴。

蔡小菜 嘿嘿嘿嘿。

许真 出来采风，要虔诚聆听大地母亲的呼唤，全身心感受大自然的神奇魅力。真正的户外摄影作品，是摄影师的灵魂与天地深度交融的结晶，不是马马虎虎就能得来的。记住了啊！

蔡小菜 （俏皮地学古人）诺！

许真 随着生态环境好转以及黄河水质的改善，每年初冬时节呀，越来越多的白天鹅从西伯利亚南迁，来这里栖息越冬。这里是天鹅的天堂，也是户外摄影师的天堂。当年，我有组参赛作品也是在这里创——（不再说下去）

蔡小菜　是不是那个"初心杯"户外摄影大赛？你还获了金奖呢。听舅妈说，那是你学摄影后的首金。

许真　（含含糊糊）嗯，哦，是吧。

蔡小菜　说起这事儿，我又有点糊涂了。这么有意义的一个奖，你把奖杯藏起来干吗呢？要不是上次我这个女汉子帮舅妈打老鼠，这个放在书柜后头的奖杯还不知道啥时候能重见天日呢。

许真　不是藏，是放……放……放忘记了。

蔡小菜　不是吧？舅妈把它擦得光光亮亮的，放在书柜最显眼的位置，你一回来，二话不说，又把它拿下来，不知道放哪儿去了。

　　　　［蔡小菜忽地蹦了一下，"哦"一声，把许真吓了一跳。

许真　咋咋呼呼吓我一跳！别乱蹦，背包里有器材呢。

蔡小菜　明白了，明白了！（屈臂握拳）你是想告诉大家，荣誉终归是过去的，未来仍须潜心耕耘。是这意思吧？大境界啊，老舅。

许真　哪儿跟哪儿！哎哟，就别啰唆了，走吧，快到啦。

蔡小菜　一路上好些个地方，都有成群结队的天鹅，我们咋还往前走呢？

许真　天鹅生性好静，易受惊吓，要想拍到它们最优雅灵动的身姿，摄影师要最大限度地减少对它们的干扰。现

　　　　　在要去的那个地方，路不太好走，但人少，而且环境
　　　　　利于咱们隐蔽，不会影响天鹅的正常活动。

蔡小菜　（恍然大悟）哦，懂了。

许真　　把包给我吧。

蔡小菜　（连忙把包放下来，心口不一）不用不用，我来背我来
　　　　　背，我要负重前行。

许真　　嘿，还装！（将包背上）走吧！

　　　　　〔一对年轻人上，跟在前者身后。他们是阿强与珍珍。
　　　　　阿强挎部单反相机，珍珍穿一身大红连衣裙。

许真　　（手搭凉棚）快到了。

阿强　　（在后头）快到了。

蔡小菜　哇，真是个好地方！

珍珍　　哇，真是个好地方！

蔡小菜　这里没山谷，咋会有回音呢？

许真　　是啊，我好像也听到有回音。

珍珍　　（身子一扭）哎哟！

阿强　　（将珍珍扶住）怎么啦？

珍珍　　没事，踩到块石头，硌了一下。

　　　　　〔闻声，许真和蔡小菜停下脚步。阿强与珍珍向他们
　　　　　走近。

许真　　来拍天鹅的吧？

阿强　　是的，幸会幸会。你们也是吧？

　　　　　〔许真点点头。

蔡小菜　（瞧瞧珍珍）姐姐，你这身红连衣裙好漂亮……（被打
　　　　　断）

珍珍　谢谢夸奖。（憧憬）哇哦，湿地，白天鹅，红裙，再加上今天的蓝天白云，出来的片子不晓得有多浪漫哟！

蔡小菜　这套服装的确很漂亮，但是，穿着它去拍天鹅很不合适。

〔珍珍原地转了一个圈儿。

珍珍　（问阿强）不合身吗？

阿强　很合身呀。

蔡小菜　不是合不合身的问题……（被打断）

珍珍　（理理裙摆）哦，这是呢子的，很厚，这个季节穿起来不会冷的。

蔡小菜　也不是冷不冷的问题，是天鹅的问题。

珍珍　（不解）天鹅的问题？

阿强　天鹅不会有问题，来之前，我就做足了功课，特意选了这么一个人稀天鹅多的地方。

蔡小菜　（有些急）哎呀，也不是天鹅的问题，是裙子颜色的问题，穿红裙子天鹅就有问题，天鹅的问题就是红裙子的问题。

阿强　那……那到底啥问题？

珍珍　（不悦）莫名其妙，走啦！

许真　请两位等等。

珍珍　对不起，我们要赶时间。（拉着阿强朝前走）

许真　这位女士天生丽质，身材绝佳，一袭红裙，更显神采奕奕。

〔珍珍停下脚步，神色缓和了些，转过身来。

蔡小菜　（拉拉许真）老舅，你这……

许真	而且我看这位美女，妆容精致得体，该是一个追求完美的人。
珍珍	哦。（脸上重泛欢悦色）
许真	要与天鹅合影吧？那是十分美好的事。
珍珍	是啊，这件事我俩策划好久了。
许真	哦，那更要好好拍了。为了你们的拍摄之行更加完美，我有个小小建议，不知道你们愿不愿意听？
珍珍	看你这身装束，肯定是专业人士，请说，我们洗耳恭听。
许真	这个鸟类啊，对颜色十分敏感，红色啊橘色啊等鲜艳的色彩，都会令它们感到不安。天鹅当然也是鸟类，如果你穿这么一身红去接近它们，它们会受到惊吓，可能四处逃散。这样的情形，很难拍出好片子。
阿强	（若有所思）哦，我们只想到拍照，没注意到这个细节呢。
珍珍	（半信半疑）真的？
许真	千真万确。有些特别胆小的天鹅受到惊吓后，难以平静下来，有可能逃离此地，永不造访！
珍珍	天，这么严重呀！
许真	天鹅，被誉为神鸟，姿态优雅，性情温和，坚贞不二，灵性十足，自古以来都是纯真与善良的化身，如果我们贸然去惊扰它们，于心何忍？而且天鹅对生态环境的要求非常苛刻，这片湿地，现在能有这么多天鹅栖息，来之不易，我们且赏且拍且珍惜啊！
蔡小菜	（对珍珍说）姐姐，其实我也是这个意思，刚才没表达

清楚，惹你生气了，对不起。

珍珍　（不好意思）哪里哟，小妹妹，是我们考虑不周，是我们的不对。

阿强　幸亏你们及时提醒，否则我们惹了祸都不知道。那，我们找个地方换件衣物再来。哦，忘记介绍了，我叫阿强，这是我女朋友珍珍。

蔡小菜　（指许真）这是我舅，老许同志，许仙的许。我叫小菜，青菜的菜。

珍珍　（笑）好可爱的名字哟，小名儿吧？

蔡小菜　大名小名都叫小菜，嘿嘿。

　　　〔阿强和珍珍欲走。

许真　这里风景很不错，看你俩，男士一表人才，红裙女士也特美，若是不嫌弃，我想为两位拍几张照片。

珍珍　太好了，求之不得呢。

阿强　就用我们的相机吧。（将相机递给许真）

　　　〔阿强和珍珍摆出姿势，许真拍照。拍完照，珍珍从许真手中接过相机，迫不及待地要看效果。

珍珍　天啦，哦，妈呀！

阿强　怎么啦？每次合个影你都嫌我呆板，我就是不上镜而已嘛。（伸过头去看相机显示器）妈呀，哦，天啦！

蔡小菜　（好奇）咋啦？（伸过头去看相机显示器）真不错，两位风采逼人啊！

珍珍　（对阿强说）啧啧，你看人家拍的，随手一拍都是大片既视感。不像你，每次拍不好，不是怪我姿势僵硬，就是说我表情不自然。

阿强	嘿嘿！
蔡小菜	（自豪）那还用说，我老舅获过不少摄影大奖呢，拍个生活照，还不是像我的名字一样——小菜一碟。老舅说，野外拍人物啊，就要合理利用环境和人物的互动，拍出人物的特质与灵魂……（被打断）
许真	小菜，别呱呱呱耽误人家时间了。

［蔡小菜调皮地吐吐舌头。

珍珍	（有些不好意思）许先生，等我换好衣服后，能不能再帮我多拍几张？
许真	OK！（指前方）看到那片小林子没有？等会儿在那里找我们就行。
阿强	谢谢，谢谢！我们换衣服去啦。

［阿强、珍珍下。

［舞台大屏幕显示湿地天鹅美景，响起天鹅欢快的叫声。

［许真他们到了小林子，趴下身子，轻手轻脚隐蔽好，从包中取出器材。许真开始传授蔡小菜摄影技术。

蔡小菜	哇，好多天鹅，太漂亮了吧。（伸出大拇指）老舅，你真会选地方！
许真	嘘……两只天鹅游过来了，镜头注意变焦，合理利用水面的折射光。

［拍了一会儿，俩人坐在地上休息。

许真	知道为啥带你到这里吗？
蔡小菜	拍天鹅啊。
许真	没错，但还有一个重要原因。这事儿，我一直在想到

底要不要告诉你，现在决定还是说出来，怕说晚了，就来不及了。

蔡小菜　（大惊失色）啊！老舅，身体出了这么大的问题，舅妈知不知道？天啦！

许真　　嗐，说啥呢，拿起半截话就跑。我的意思是，有些话不早点说，等你养成一些摄影陋习就晚了。

蔡小菜　（拍拍胸口）哦，这个呀，吓死宝宝了。

许真　　你不是说起过那个"初心杯"户外摄影大赛的事吗？

蔡小菜　是啊，你还把奖杯藏起来，让我们懂得艺无止境，荣誉终归是过去的……（被打断）

许真　　你见过我把其他奖杯藏起来没有？

蔡小菜　哦，这倒真没有，别的个个锃光瓦亮的，擦得比我的脸还干净，一尘不染啊！

许真　　知道为啥？

蔡小菜　（摇头）本来以为自己知道，现在好像不知道了。

许真　　这段时间你跟着我学摄影，舅舅觉得你很有悟性，今后可能会在摄影这条路上走得很远。所以啊，有些事该向你说说了，我也该拔出心头那根刺儿了。

蔡小菜　（不解）拔……刺……

许真　　当年，那组获得"初心杯"金奖的摄影作品……（咬咬嘴唇，下了决心）其实……其实是靠弄虚作假得来的。

蔡小菜　这……啥意思？

蔡小菜　当年，我潜伏在这里拍天鹅，一直没拍出满意的作品。眼看落日将尽，我是心头发急，便顺手拿起手边的一块鹅卵石向水中扔去。天鹅被惊得破水而出，它们飞跃盘旋的画面被我收进了镜头。我精选一组照片，命名为《天使舞夕阳》，向大赛组委会投了稿……

蔡小菜　我在网上欣赏过那组作品，霞光水影和天鹅飞舞的身姿结合得天衣无缝，极美，极富诗意。你不提，真没人知道画面背后的事儿。

许真　但越没人知道，就感觉心头这根刺儿扎得一年比一年深。

蔡小菜　舅妈说过，你用那两万块奖金买了不少小乐器，全捐给一个山区小学了。

许真　嗯，当时只想让良心好受点儿。过几天，我还想写篇文章，坦陈一切，彻底拔出这根心头刺。

蔡小菜　这么久了，奖金也算捐了，还不如……要不然，这些年你在摄影界辛辛苦苦打拼来的名气……

许真　错了就是错了，弄假不成真，比名气更重要的是摄影人的职业道德！

蔡小菜　（点头）嗯！

许真　面对圣洁的天鹅，你把这里当作摄影的初心之地吧。在此地，为老舅重新拍摄一组《天使舞夕阳》，行吗？

蔡小菜　保证完成任务！（扭头）好像是珍珍他们过来了。

许真　是他们。

　　　［换好衣服的珍珍与阿强，轻手轻脚地走了过来。蔡小菜向他们比了一个"爱心"，对方回以同样的手势。

　　　［舞台音响：伴着天鹅的阵阵欢鸣，歌曲《生活不止眼前的苟且》响起。

　　　［幕落。

天外来客

李作昕

时间：暑假某天

地点：安徽农村某个农家小院

人物：爸爸、妈妈、儿子、圆圆（小学四年级学生，
　　　　儿子的侄女）、牛二（农家乐饭店老板，儿子的
　　　　小学同学）

【幕启：妈妈在院子里晾晒衣服。

妈妈　（抬头看见儿子进家门，喜悦地）这两天，我就觉得家里
　　　　会有喜事降临，果不其然，原来是儿子回来了。

儿子　（跑过来，亲热地拉住妈妈的手）妈，你还好吧！

妈妈　好，我好得很。有只不知道叫啥名字的鸟，前几天来了
　　　　咱家。中午你爸爸睡醒觉准备出门，就看到院子里的自
　　　　来水龙头旁边来了这只鸟，腿特别长，嘴黑色，细长而
　　　　上翘。它在那里优雅地喝水，一点也不怕人，你爸爸靠
　　　　近它，它也没有飞，就顺手把它逮住，放进了原来养过
　　　　鸡的大笼子里。我心里琢磨，家里来了吉祥鸟，恐怕好

事要登门了。儿子，我们过去看看！

妈妈 （紧紧攥住儿子的手，一起走近一个鸡笼，妈妈掀开盖子，空无一物，十分惊讶）啊，怎么没有了？莫非飞了，活见鬼了！这有盖子呀，也没有人打开过。

圆圆 （从屋里跑出来）奶奶，被牛二买走了，爷爷说前两天，牛二给了他 1000 元定金。妈妈告诉我爷爷家来了吉祥鸟，我就到爷爷家来写作业，我专门来看看吉祥鸟，还是没有看到，晚了一步，爷爷说被牛二拿走了。

妈妈 （生气）孩他爹，你快出来，你看看是咋回事？

爸爸 （像做错了事，红着脸，耷拉着头，从屋里赶紧跑出来，手里还拿着没有磨好的镰刀，抬头看见了好久不见的儿子）儿子，你回来了，一路很辛苦吧？

妈妈 （生气地，十分不耐烦地）少客套，我问你，那只鸟呢？

圆圆 （掏出妈妈的手机，打开妈妈拍摄的鸟的图片给叔叔看）叔叔，你看，这是我妈拍摄的图片，就是这只鸟。它叫什么名字啊，叔叔知道吗？

儿子 （仔细看着手机里的图片）叔叔是高中生物教师，当然难不住了，它叫反嘴鹬。圆圆，你还记得上次我给你辅导功课，讲鹬蚌相争的故事吗？故事里的鹬就是这种鸟，以前你只见过图片，还没有见过活生生的反嘴鹬吧？

圆圆 （遗憾）没有，可惜我还没有来得及见，就被爷爷卖掉了。

儿子 （冲着父亲生气）我们不能见钱眼开，人鸟和谐共生，爱护鸟类，就是爱护人类自身。保护鸟类，人人有责。

爸爸 （不好意思地解释）家里来了吉祥鸟后，牛二光顾了好几次，软磨硬泡，我没有抵挡住牛二的高价诱惑，就顺水推舟了，牛二也答应不会杀鸟吃鸟，他只是把鸟摆在店门口招揽生意。

妈妈 （看不起）为了 1000 元钱，你爹让鸟住进了囚笼。牛二说是放在店门外招揽顾客，我看经不住高价诱惑，这只鸟成为食客的腹中餐也有很大可能，现在有些饭店啥都敢吃，啥挣钱卖啥。

儿子 我正担心这一点，因为有人偏好野味这一口，这种病态的癖好，仿佛又回到了野蛮时代，但居然有市场为其开绿灯。有很多人不明白，野生动物身上一般都有与人类身上不同的病毒和细菌系统，在长期进化中，野生动物具有了超强免疫力，那些病毒和细菌在野生动物那里没有事，人一旦接触上，就会危及人类健康和生存。实际上保护野生动物，就是保护人类自身安全。野生动物尽量少接触，更不能嘴馋，去吃它，一不小心，可能会后患无穷。

妈妈 你个死老头子。糊涂！吉祥鸟来了咱家，你可好，让它进了囚笼，我以为大家看两天，村子里的亲戚邻居开开眼，兴许你就放了它，你太糊涂了。

儿子 （有理有据地）我们这里来了多年不曾见到的鸟，说明环境变好了，城里人到我们乡下来旅游，来我们这里观美景，呼吸新鲜空气，吃绿色无公害食物。你可倒好，为了一己私利，帮助牛二把鸟儿关进笼子，这太不人道了。都这样的话，其他鸟儿还会来吗？举个例子，猫头鹰和狐狸吃兔，猫头鹰和狐狸死后被细菌分解，营养又回到草和树，昆虫吃草和树，鼠和兔也吃草，狐狸和猫头鹰再吃兔，形成了生态循环，所有动植物互相依存，所有动植物的总数量都保持均衡。草太多，必然兔就多；兔多，狐狸就多，最后草、兔、狐狸的数量依旧保持稳定。但是，一旦人类滥杀任何一种野生动物，都会破坏这种生态平衡，导致生态链崩溃。

爸爸 （自责、惭愧地）我这就去要回来，把 1000 块钱退给他。

[牛二提笼架鸟进入家门。只见笼子里有一只鸟，腿特别长，嘴黑色，细长而上翘，背部有醒目的黑色和白色标志，腹部灰白色，正是那只被卖掉的反嘴鹬。

牛二 老同学，哪阵风把你吹来了？

儿子 （吃惊、意外地）正想去找你呢，你倒送上门了。

爸爸 （十分生气，把 1000 元扔给牛二）我正要去找你，给你的 1000 元钱，把鸟还给我们。

牛二 （捡起 1000 元钱，又掏出 2000 元钱，把 3000 元钱一起交到爸爸手里，羞愧地握住爸爸的手）大伯，莫生气，我正为此事而来。经过群众举报，环保部门和林业部门的工作人员分别找到了我，教育了我，还准备罚款，我这不是来归还鸟吗？养这种鸟犯法，我们赶紧放了吧。您这鸟是烫手山芋，1000 块钱，我不要了，鸟还给你，我再倒贴给你 2000 块钱。

牛二 （感慨良多）农村实行土地承包责任制后，一些农民围滩造田，铲除湖区周边的芦苇和蒲草，开垦荒地，使原来的湖区湿地面积减少了不少，再加上过度使用化肥农药，一度造成湿地的水鸟和湖区里的鱼虾踪迹难觅。

牛二　（发自肺腑地赞叹）这几年，生态农业方兴未艾，水土保护措施有方，环境在一天天变好，才有了我们农民的好日子、好光景。这不，城里人开始到我们乡下来观光旅游了，顺带着采摘我们的农副产品，我的小饭店才一天天红火起来。反嘴鹬的出现，说明我们的农村环境真的好起来了。我也不舍得杀它吃它，只是想让它招财，招揽生意。只是我这种爱的方式不足取，反而害了它。

儿子　（走近鸟笼，十分怜惜地看着笼子内的反嘴鹬）爱鸟，保护鸟，就是应该让它回到大自然中去，回到它喜欢的领地去。

〔大家一起赶紧打开笼子，把反嘴鹬放出来，反嘴鹬从笼子出来后，在院子里的空地上来回走动，打量了大家一圈后，张开翅膀，欢快地鸣叫着飞走了……

儿子、牛二、圆圆　（群呼）要金山银山，也要绿水青山，保护环境，人人有责。爱护鸟类，就是爱护人类自身。

爸爸、妈妈　（随声附和）爱护鸟类，就是爱护人类自身。

〔幕落。

摄影与楹联

林国斌

时间：2020 年秋天

地点：东北某地

人物：老汉——摄影爱好者，简称汉

老妇——楹联爱好者，简称妇

【幕启：老汉上，手拿一张纸，面向观众。

汉 大家好！这是我刚从微信上复制下来的，我念给你们听听。为深入贯彻习近平新时代中国特色社会主义思想，全面落实习近平总书记考察调研河南时的重要讲话精神，以黄河为元素，以摄影为主题，以文学为载体，讲好"黄河故事"，保护传承弘扬黄河文化，繁荣发展中国摄影艺术事业，助力第十三届中国摄影艺术节暨第四届天鹅之城——中国三门峡自然生态国际摄影大展，经研究，决定面向全国举办以摄影为主题的相声、小品、诗歌原创作品大赛。

［妇上。

妇 老头子你那是干啥呢？

汉　我这不是给大家念征文启事嘛!

妇　啥征文启事呀?

汉　听了半天,你都听啥啦。

妇　我哪儿顾得上听呀,都征集啥?

汉　目前,三门峡市正全力打造中国摄影文化城。2020 年 11 月,第十三届中国摄影艺术节暨第四届天鹅之城——中国三门峡自然生态国际摄影大展将在三门峡市举办。

妇　这三门峡开会与咱有啥关系呢?

汉　我说你是猪脑袋呀!我是干啥的你知道不?

妇　(向观众)我还忘给你们介绍了,我们老头子没事成天玩那个照相机,还发作品,还参赛,光那个证书放到一起就能有这么高!(用手比画)是个摄影爱好者,还有个外号——赵照。

汉　咋叫赵照,你不说人家知道吗?

妇　(向观众)那就是我们姓赵,他再乐意照,就叫他赵照了吧,要我说怎么照也是那个老样子!

汉　我要能照成小伙儿,还不要你了呢。

妇　这家伙,这么大岁数,花心不小呀!

汉　我多大岁数呀!(向观众)让她这么一说,我都老得不能动弹了。

妇　我埋没你了,你年轻,才十八,还不行吗!(向观众)刚一看是十八,再要细看呀——

汉　多大?

妇　八十!

汉　要是那样,你今年五十八。

妇 比你年轻!

汉 要细看看——

妇 多大?

汉 八十五! 比我还大五岁呢。

妇 这老头子,整不过你。告诉导演,这疙瘩儿掐去,不播了。

汉 行,还是看征文吧。

妇 都啥体裁来?

汉 以摄影为主题的相声、小品和诗歌原创作品大赛。

妇 你去参赛,这与我也没有关系呀!

汉 你别说这几天我就琢磨你。

妇 哎呀,你可别琢磨我,指定没好事。

汉 你知道啥呀?

妇 啥?

汉 你别说,我还没给大家伙介绍介绍呢。我们这位是中国楹联学会的会员,还是楹联创作高手。

妇 你快别说了,这多不好意思。

汉 我想和你搞一下合作。

妇 咱俩都合作一辈子了,还没合作够? 你是摄影的,我是写联的,能合作什么?

汉 问题就在这儿。

妇 在这儿,怎么个问题?

汉 就是我把我的摄影作品选出来参赛,你再按照各个景观的照片配上联,咱一起去参赛,我想这可是一个创新哪。

妇 那就是说你摄影我配联,给他来一个突如其来的新感觉,让他们知道知道东北老头、老太太是不好惹的!

汉　你怎么说说就下道了。

妇　怎么的了？

汉　还知道知道东北老头、老太太是不好惹的！谁和你干仗呢！话能那么说吗，怪不得南方都管咱叫"东北虎"，说说虎劲就上来了。

妇　那怎么说呢？

汉　那得说，让他知道知道东北老头、老太太的水平，或者说有水平！

妇　哎呀！你的书真没白念，说话倒比我这中国楹联学会的会员有涵养。

汉　行了，别逗了，来点正经的吧。

妇　你说怎么来？

汉　那就以三门峡市位于晋陕豫黄河金三角地区，是中国优秀旅游城市、国家园林城市、国家森林城市、中国大天鹅之乡、中国摄影之乡为思路开始创作。

妇　就这些吗？

汉　还有就是围绕 2016 年 12 月，三门峡市创建了中国三门峡白天鹅·野生动物国际摄影大展品牌，并连续 4 年举办了摄影大展活动为题创作。

妇　啥玩意儿啰唆了半天，你就来干的啦。他不是说有黄河金三角吗？咱就从黄河的几大景观开始创作呗！不是说讲好"黄河故事"吗？

汉　（向观众）你们看我老伴来劲！（对妇）你等我上网查查沿黄的景观。（上手机微信）找到了，老婆子，九大景观。

妇　挑主要的。

汉　这九大沿黄景观是主要的了。

妇　你说话我听了怎么有点害怕呢!

汉　怕啥呀?

妇　你这老黄黄的,别让人家给你扫黄扫了。

汉　(向观众)这老婆子心还挺细的呢!(对妇)咱这黄和它那
　　个黄不一样,咱这里包含着一定的正能量。

妇　是吗,那你就把你的圆圈调好了吧。

汉　啥呀!你怎么不说行话呢,还圆圈,那不是光圈吗?

妇　啥行话不行话的,就说都是哪儿吧。

汉　听着点!这一是黄河源头景区。

妇　在哪儿?

　　[演出时大屏幕播黄河源头景观,以下说到哪个景观,大屏
　　幕就播相对应的景观。

汉　这是青海省果洛藏族自治州玛多县黄河源牛头碑,旅游者
　　在这里根本无法想象黄河之宗竟不是滔滔洪水,而是一股
　　股细微的清泉和一片有许多沙砾野草的温林荒滩。黄河源
　　头风光宜人,水草丰美,湖泊、小溪星罗棋布,甚为壮观。

妇　那我给你配一联:泉布牛头,雪域有凭,蓄黄河碧水流千
　　里;水出果洛,昆仑做证,聚大地甘霖润万年。

汉　哎,你别说我老伴整得还挺形象!

妇　(满不在乎地)见景生情嘛,你就接着往下再来吧!

汉　这二就是黄河第一湾。黄河自甘肃一侧来,白河自黄河第
　　一湾湾顶汇入,形如"S",黄河之水犹如仙女的飘带自天
　　边缓缓飘来,在四川边上轻轻抚了一下又转身飘回青海,
　　故此地称九曲黄河第一湾。

妇　听着，我的楹联是：高原特色，河漾清波，一湾回转多奇妙；西域明珠，水生紫气，万练扶摇真壮观。

汉　挺好。

妇　你来三吧。

汉　三是壶口瀑布，这是位于山西省吉县与陕西省宜川县交界处的中国第二大瀑布，在水量大的夏季，壶口瀑布气势恢宏，而到了冬季，整个水面会全部冰冻，结出罕见的巨大冰瀑。

妇　豪放破空来，撼地摇天，一壶抒发山河志；惊涛寻梦去，承先启后，万代激扬民族魂。你接着再来四。

汉　四是香炉寺。它位于陕西省榆林市佳县城东 200 米的香炉峰峰顶，东临黄河，三面绝空，仅西北面以一狭径与县城古城门相通。峰前有一直径 5 米，高 20 余米的巨石矗立，形似高足香炉，故得寺名，"香炉晚照"为佳县八景之一。

妇　我的配联是：寺耸孤台，满城山色半城韵；慈缘众类，一缕祥光万缕春。

汉　五是乾坤湾。它位于山西省永和县和陕西省延川县接壤处，是一幅天然太极图，更是黄河古道秦晋峡谷上一大天然景观。

妇　入梦今生，四时碧水无双地；寻幽仙境，九曲黄河第一观。

汉　整得挺快的。六是潼关。陕西省渭南市潼关县北港口镇，北临黄河，南踞山腰，河在关内南流，潼激关山，因谓之潼关。

妇　这是兵家要地，得好好来一联。要塞咽喉，易守难攻，靠水雄关牵古道；边陲纽带，居高临下，连峰锁钥矗云天。

汉　配完了?

妇　你就说七吧。

汉　七是黄河小浪底。小浪底水利枢纽工程位于河南省洛阳市
与济源市交界外，它的建成使这里形成湖光山色、千岛星
布、"高峡出平湖"的自然景观。这里共有四大精华景区：
西霞湖、大坝湿地公园、张岭半岛度假区和黄河三峡。其
中，黄河三峡是小浪底风景区的精华所在。

妇　这家伙是新型工程，我得好好来一个。九年鸿业辉煌，越
岭穿山，引黄壮举千秋颂；五县梦花烂漫，拦河兴利，化
碧豪情万里扬。

汉　挺有现实意义。

妇　你就说八吧!

汉　八是黄河老牛湾。位于山西省忻州偏关县万家寨镇的老牛
湾是黄河流入山西的第一站，长城在这里沿陡峭突兀的山
峦延伸，与黄河并行向南，似两条巨龙携手飞舞。古代长
城沿线上的军事要塞——老牛湾堡就坐落在这里，有黄河
入晋第一村、天下长城第一墩的美誉。

妇　听着：是最美源流，凭借神牛，看一湾碧水扬眉作画；留
幽奇岁月，收藏古典，将万里黄河握手成诗。还有一个了。

汉　那就是晋陕大峡谷。内外长城从这里交汇，黄河从这里入
晋，晋陕蒙大峡谷以这里为开端。黄土高原的沧桑景致，
大河奔流的壮丽景观，水与石的较量成就了神奇雄伟的黄
河百里画廊。

妇　来了：飞云飞瀑何曾碍，霞抹岚蒸，雄奇绘在幽深处；或
雨或晴如是观，川环绿染，壮丽泼于峡谷间。行了吧?

汉　太行了。我老伴这不成电脑了嘛，这一会儿工夫来九个。老伴呀，有个事和你商量商量呗？

妇　有话就说呗，咱俩谁跟谁，你怎么还客气上了！

汉　咱们忙活了半天还落下一个主要的。

妇　啥？

汉　联题黄河呗。

妇　那就再来一个联题黄河：自昆仑呼啸而来，飞流万里，奔腾不息，育华夏无穷无尽；是民族精神所在，畅淌千年，浩荡向前，溯炎黄有本有源。

汉　还有一个。

妇　说。

汉　三门峡天鹅湖。

妇　慕名阅胜，百里追风，看柳浪飞花，绕水寻幽留倩影；邀友寻芳，千番逐梦，喜天鹅比翼，对天炫耀聚乡情。

汉　真挺好，还有一个。

妇　你有完没完了？

汉　再来一个呗，我看你写联就像吃馅那么容易。

妇　这回就来一个了！

汉　塞上江南。

妇　你不说我还忘了，这可是个好地方。听着：吮乳黄河，举千秋聚宝盆，千鳞咏浪，百果撩人，稻谷盈仓民富庶；牵情绿野，引万里观光客，万景争新，一时忘返，丹青满目梦流连。

汉　这回真下功夫了，还整个长的。

妇　这是最美的收官！

汉　那要再来一个，你这关也收不了了。

妇　要来你自己来吧。

汉　那能吗！都讲男女搭配，干活不累，我摄影你配联，要是真能评上还有钱。下面这个是主要的。

妇　啥玩意儿还主要的？

汉　就是给这次大会题一联。

妇　（向观众）你别说，我们老头子思想还真广阔呢。

汉　啥呀！还思想广阔，别用词不当，臭词乱飞了，你就直接来吧。

妇　听着得了：三门入快门，且放眼黄河远上，砥柱中流，正是人间丽景，三峡奇观，镜头记录三门美；四届歌新届，更倾心紫气东来，崤函险立，可称胜地雄姿，四方巨卷，焦距催生四届情。

汉　挺好是挺好的，你咋除了三就是四呢？

妇　这不是紧扣主题嘛！在三门峡开四届会你不来三、四来啥？

汉　那你整三和四，我整啥呢？

妇　你呀！整二五八七！

汉　行，那我就是个二唬巴叽！

　　［二人面向观众笑，切光，落幕。

找熟人

乔聚坤

时间： 当代

地点： 三门峡市某小区

人物： 万雪娥——女，68岁，农村妇女，性格开朗，
现是手机拍照爱好者

丁立志——男，66岁，文化馆摄影干部，热爱
摄影，现退休专搞摄影

场景： 某小区丁立志家，室内摆设零乱

【幕启：万雪娥拿手机边拍照边上。

万雪娥 （兴叹地）哎呀，这好景头真是太多了，拍不完呀。如
今的三门峡月月变，日日变，变得越来越美了。楼房
顶住天，马路宽又宽，绿树一排排，花儿鲜又艳。怪
不得说三门峡是园林城、森林城、旅游城、摄影圣地，
真名不虚传！吧，这儿更好——（又全神贯注地拍）

［丁立志悄悄上。见此，专心为万雪娥拍照。

万雪娥 好，真好！

丁立志　又一个摄影爱好者！

万雪娥　（扭头看）小丁，丁立志！是你？

丁立志　（吃惊）雪娥，万雪娥。是你？（欢喜握手）真巧，咱俩在这儿见面了。

万雪娥　真是想谁就有谁。你是——

丁立志　拍你！

万雪娥　拍我？

丁立志　你那专心致志用手机拍照的神情吸引了我，你的神情充满了对三门峡的爱。

万雪娥　这景色太吸引人了，不拍饭都难吃！

丁立志　雪娥，你啥时候也学会拍照了？

万雪娥　有了智能手机，我想到了你。我也想当摄影家！

丁立志　好啊，志同道合，走，到家去！

万雪娥　你家？

丁立志　就在这儿。（引万雪娥到家）你看我家乱糟糟的。忙于摄影，顾不得家了。

万雪娥　没什么，没什么，搞专业的人都是这样，把心思放专业上了。

丁立志　理解万岁。雪娥，你是——

万雪娥　找你。

丁立志　找我？

万雪娥　找熟人！

丁立志　要说是熟人，咱们可真是熟人，你们村角角落落我都走遍了，每家的狗都熟悉我。

万雪娥　那时你住我们生产队，还是个小青年，我才刚结婚。

丁立志　那个时候我就有孩子了。唉！40 多年了，变化多大呀！

万雪娥　你忘了没有，你到我们队驻队，俺们社员可欢迎你了。

丁立志　因为我是个搞摄影的，你们很多人没见过照相的。

万雪娥　更因为你给我们拍了那么多照片。你忘了没有，你随时随地都背着你的照相机，地里干活、锄地、拉车、打场，你看到该拍的镜头就拍下来。

丁立志　摄影是瞬间的艺术，不及时拍马上就跑了。

万雪娥　你拍那张我割麦子直起腰擦汗的照片，我现在还放着。我幸福地笑着，那种丰收的喜悦，就在汗水里。还有我爷爷那张端着大碗吃饭的照片，爷爷心里好像想着什么。

丁立志　你爷爷呢？

万雪娥　早走了。他活了 84 岁，临走，他还念叨你呢。

丁立志　老人家太好了。我当时住你家南屋，他关心我就像关心自己的孩子。那年下大雪，他怕我盖一条棉被冷，把他穿的大衣盖在我身上。

万雪娥　你也关心我爷爷，我爷爷腰腿疼，你常给他买膏药呀！小丁，你们搞摄影的人真好，关心社员，关心生产，关心猫狗、牲畜，连一片树叶、一根小草都关爱。

丁立志　那是对万物的热爱。

万雪娥　清晨太阳还没出来，你就起床在地里转，蹲在路边拍太阳升起，聚精会神拍小草露珠。对了，你为了拍荷花，跳到水塘里，一个小时，两个小时。下雨了，人家往家跑，你撑着伞往外边跑，摄影牵着你的魂啊。

丁立志　雪娥，你说的都是真的。我从小喜欢摄影，艺术院校毕业后，我分到市文化馆专门搞摄影，那真是瞌睡送个枕头——多么美呀！我爱我的专业，迷上了专业。摄影是我的灵魂，它给了我快乐，给了我力量，摄影让我发现人生的美、生活的美、世界的美。摄影让我忘记了饥，忘记了渴，给我无限的精神，也给了我健康。摄影也助我道德提升，摄影更成就了我。

万雪娥 你说得对，你给我们拍的照片让我们看到了自己，看了有了劲头。你给我们拍的推水车、拉犁，大家用力的拼搏劲儿，给人多大鼓舞啊，让我们看到学大寨、先治坡、后治窝的劲头。在那困难的日子里给大家多大鼓舞啊，小丁！

丁立志 别小丁了，老丁了。

万雪娥 小丁，你在我心里永远是小丁。那时候你给我拍照，我想到现在驻村第一书记讲的话，扶贫先扶志。文化扶贫、精神扶贫，你那时给我们拍照，不也是文化扶贫、精神扶贫吗？拍照让我们社员的劲头鼓得足足的，连五保户刘奶奶一有空还出勤干活哩！

丁立志 你说得对，这就是文化的力量。人活精气神，人有了精气神，什么都不怕。

万雪娥 我还没想到，你拍的照片现在成了宝贝了。它不仅见证了那时的生活，更见证了时代的发展。改革开放后你到我们村拍的建新房的照片，后来给我们拍的机耕机种的照片，这不都记录了我们农村的发展吗？！

丁立志 照片是历史的足迹、真实的纪录。就连你，原来的社员，生产队的农民，现在也玩起智能手机在城里拍照了，不得了，不得了！这也是农民物质上、精神上的变化呀。

万雪娥 是啊，从前拉犁的农村妇女，现在玩起智能手机。咱们三门峡呢，变化更大呀，原来破破烂烂，现在呢！你看，美景满目。

丁立志 这个，我更有记录！有一张张老照片。

万雪娥 你说到老照片，有人想买呀，我们不卖，那是讲我们农民发展变化的故事的好教材！我看到照相的意义，就用智能手机拍起照片了。

丁立志 你想当摄影家呀？

万雪娥 不能说成摄影家，只是爱好者，爱好者。哪像你，动不动就搞丁立志摄影展览。

丁立志 只要下决心，认真学，你也能当摄影家。今天你找我是不是为了学习摄影啊？

万雪娥 （惊）学摄影？是，是。不过我还有件事……

丁立志 还有件事？

万雪娥 我想买房！

丁立志 想买房？在三门峡市买房？

万雪娥 是。不过不是我的主意，是我的孩子。我儿子在广州打工挣了钱，羡慕城市生活，要在三门峡买房！

丁立志 好啊！现在农村进城买房的可不少，青年人喜欢在城市生活！

万雪娥 买房可是大事，我要找熟人给我帮帮忙，看买哪里的房屋好！

丁立志 让我说，咱们三门峡市哪个地方的房都好，都是风水宝地。

万雪娥　我是说最好的地方。

丁立志　最好的地方？那也得看一个人的欣赏角度、爱好。依我看，我理想的地方是离黄河滩近的地方。

万雪娥　离黄河滩近的地方？

丁立志　那里有白天鹅呀！近几年我喜欢上白天鹅了。来，你看我拍的白天鹅的照片。（进内室拿相册，然后递给万雪娥）

万雪娥　（翻看）哎呀！拍出的白天鹅这么美呀，一个个千姿百态！有早上拍的，中午拍的，还有晚上拍的！小丁，你住在那儿了？

丁立志　说不上住，我找上最佳角度，潜伏在那里观察白天鹅。白天鹅真美、真有趣……

万雪娥　好，就买离黄河滩近的地方。

丁立志　你买到哪儿，我也买到哪儿。

万雪娥　好啊，咱们住一块儿，我好向你学习摄影。小丁，你一个人吗？家属呢？

丁立志　老伴走了6年了，孩子在美国定居不回来了。

万雪娥　你不到美国去？

丁立志　去过，住不惯，想熟人！

万雪娥　想熟人？

丁立志　想我拍过的地方，想村民，想三门峡，想白天鹅！摄影人既喜新，又恋旧啊！

万雪娥　你现在一个人生活？

丁立志　还有白天鹅呀！你呢？

万雪娥　我和你差不多，那一口子走 3 年了。

丁立志　那好，咱们买房一定买一块儿。

万雪娥　共同搞摄影。

丁立志　对，共同搞摄影！等两年咱们到美国。

万雪娥　住你孩子那儿！

丁立志　不，到美国搞丁立志、万雪娥摄影展览，让美国人看看三门峡，这是世界地质公园。

万雪娥　让全世界人都看看咱们中国的发展。

丁立志　你也可以办展览，题目是"我的家庭"，把你们家几十年的变化展出来！

万雪娥　我参加三门峡自然生态国际摄影大展。

丁立志　好，有这个决心就行。咱们共同参加三门峡自然生态国际摄影大展！

万雪娥　好！

　　　　〔二人紧紧握手，切光，落幕。

文明摄影你我他

王英凤

时间：当代

地点：三门峡市中国摄影艺术馆内

人物：朱咪咪——女，记者

秦　雯——女，艺术馆工作人员

关　怀——男，摄影爱好者

李警官——男，片区民警

【幕启：秦雯正在清扫地面，记者朱咪咪拿着相机
　　走进。

朱咪咪　请问，可以进来参观吗？

秦雯　　请进请进。

朱咪咪　你好。

秦雯　　你好。来得这么早，姑娘。

朱咪咪　是，起得早，想抢个头彩。

秦雯　　那好那好。

朱咪咪　别说，拍得真不错。

秦雯　　不是我和你吹，这次摄影大展可是全国一级赛事，来参加的可都是行业顶尖的高手。

朱咪咪　我说嘛！听说咱三门峡可是把这几届的承办权都承包了。

秦雯　　现在更名为自然生态国际摄影大展。以后呀，中国摄影文化城也要在咱们这里落户。

朱咪咪　那可是，中国摄影家协会培训中心都来了，以后人才肯定少不了。嘿，这釉彩不错，赶紧拍下。

秦雯　　哎，姑娘不能拍。

朱咪咪　啊？

秦雯　　这个例外。

朱咪咪　为什么？

秦雯　　你听我说，这个馆里有明确规定，这种文物不能进行照射。

朱咪咪　哦，我明白了。行，不拍就是了。

秦雯　　谢谢合作。

朱咪咪　那，这些摄影作品能拍吗？

秦雯　　这个可以。

朱咪咪　拍几张好看的。

秦雯　　发朋友圈？

朱咪咪　不是，给我爷爷看。我爷爷是摄影爱好者。

秦雯　　行呀，挺孝顺。你慢慢欣赏。

朱咪咪　行，您忙吧。

　　　　﹇关怀拿着相机上台。

关怀　　嘿，来得正是时候。我就喜欢这寂静的氛围。

朱咪咪　别说，规格还真够水准。哎，这是怎么回事？

关怀　　什么？

朱咪咪　这幅。

关怀　　这幅呀？

朱咪咪　对。

关怀　　不错吧？

朱咪咪　谁说的。

关怀　　我说的。

朱咪咪　你说的？你说好就好。

关怀　　我拍得不好能拿奖吗？还是特等奖！

朱咪咪　什么？

关怀　　怎么了？

朱咪咪　这是你拍的？

关怀　　不行呀？

朱咪咪　不行。

关怀　　怎么不行？

朱咪咪　我说不行就不行！

关怀　　这哪儿拍得不好？

朱咪咪　你脑子有坑是吧！

关怀　　我脑容量不高，不过反射弧还是很灵敏的。

朱咪咪　灵敏？我看你是踩坑了吧！

关怀　　哎，这怎么了？我这招你惹你了？这眼神！

朱咪咪　怎么着？

关怀　　让人胆战心惊。

朱咪咪　废话，我就是王者风范、霸气外露，一人活出一支队伍。

关怀　　行呀，"怼"人功力十级水准。

秦雯　　哎，这怎么了怎么了，怎么还吵起来了？

关怀　　我怎么知道。

秦雯　　这里是艺术馆，大家都文明一点好不好？

关怀　　这事不怪我，我和她不认识的。也不知道怎么回事，她看我哪里不顺眼，跟个炮仗似的一点就着。火冒十八丈，我一进来就加足火力向我开炮。

朱咪咪　我发火怎么了，这种事叫谁蹚上不火？我看你五行缺节操，一根直肠通大脑！

关怀　　你还一根直肠不打转！

秦雯　　等等，我先脑补一场大戏。不行，我还是没搞明白，你们两个索性打开天窗说亮话，到底怎么回事？

朱咪咪　你问他。

关怀　　你问她。

秦雯　　我信息秒回一下，还是一团糨糊。

朱咪咪　我说你这人是不是真的缺脑子呀，到现在都不明白我说什么？

关怀　　你个属蝎子的，一张嘴就放毒！

朱咪咪　阿姨，您给评评理。

秦雯　　怎么了？

朱咪咪　你看这张照片。

秦雯　　嗯。

朱咪咪　再看看我。

秦雯　　挺好的。

朱咪咪　你也没看明白。

秦雯　哦，我看出了，原来这照片的主人公是你。

朱咪咪　是。

关怀　啊？不会吧。

朱咪咪　怎么着，想赖账呀？

关怀　不是，你也不是这个模样。

秦雯　反差是挺大的。

朱咪咪　那我应该什么样？

秦雯　不是，这姑娘不是化妆了吗？

关怀　当时拍的时候可是素颜，这差得也太大了！

秦雯　是有点出入，怪不得你没认出来。

朱咪咪　你这什么眼神呀？

关怀　不是，你看这人，再看照片，差别可不小。

秦雯　姑娘，你说了半天，到底为什么呀？

朱咪咪　为什么？我说你懂不懂法律，你照这张照片的时候经过我同意没有？

关怀　我……

朱咪咪　我什么我，你这是侵犯我的肖像权你知道吗？

关怀　这个，我还真不知道。

秦雯　赶紧给姑娘道个歉，争取下不为例。

关怀　这样，为了表示我的歉意，我把奖金分给你一半。

秦雯　小伙子还算有诚意，愿意赔你精神损失费。

朱咪咪　我不要。

关怀　那你想怎么样？

朱咪咪　你把这张照片给我拿走！

关怀　　那怎么行？

朱咪咪　怎么不行，侵犯我个人隐私权。你拿不拿掉？不拿是吧，我报警！

秦雯　　姑娘，别这样，有话好商量。这可是我们的特等奖，你把这张最好的拿走了，那我们出版的刊物里面就没有爆品了。

朱咪咪　什么？你们还要集中出版！你叫所有人都看我笑话是吧！

秦雯　　看你笑话，怎么可能！

朱咪咪　你看他拍的，就是侮辱我的人格！

秦雯　　哪有那么严重？你看这张照得多好，你那么漂亮又这么善良，这种高风亮节的事情就得大力弘扬是不是？

关怀　　是是是！

朱咪咪　是什么呀！你看你，把我拍得跟个什么似的。

秦雯　　挺好看的。

关怀　　我当时路过生态保护区，看见你……

朱咪咪　我那是去做志愿者。

秦雯　　志愿者。

关怀　　我正巧路过，看见她搬开石头把一只受伤的白天鹅救了出来。

朱咪咪　那白天鹅叫石头缝夹住了。

关怀　　我看这是个好素材，就……

朱咪咪　就什么？抓拍、秒拍还是闪拍？

秦雯　　反正就是拍了，是不是？

关怀　　对不起呀，给你带来了麻烦。我当时没考虑到这一层。

秦雯	你给姑娘道了歉。
	［李警官上台。
李警官	这怎么了？是谁报的警？
朱咪咪	是我。
李警官	怎么了又？哎，是你呀，朱咪咪！关怀？你也在这里。
朱咪咪	李警官，你认识他。
李警官	你们不认识？
朱咪咪	不认识。
李警官	你们怎么可能不认识呢？
朱咪咪	我们为什么要认识？
李警官	你们当然应该认识了。
朱咪咪	为什么？
李警官	上次你爷爷走丢了。
朱咪咪	是我报的警。
李警官	还是人家关怀把你爷爷送来的，路上还买的饮料。
朱咪咪	是他？不会吧？
秦雯	真是不是冤家不聚头。
李警官	你爷爷，又走丢了？
朱咪咪	没……没什么事。我……就是……就是……
李警官	就是什么？
朱咪咪	就是想落实一下这件事情。
李警官	行呀，你这丫头，够鬼灵的。接警了，没事我先走了。
朱咪咪	慢走呀，李警官。
李警官	再见。
	［李警官下台。

秦雯　　姑娘，你看这事……

朱咪咪　丁是丁，卯是卯，不能一笔勾销。

秦雯　　你不能得理不饶人呀。

朱咪咪　阿姨，您还是不明白我的意思。我不是想讹他的钱，也不是觉得他侵犯我的隐私权，就是……

秦雯　　就是什么呀？

朱咪咪　我就是觉得，他把我拍得太难看了。

秦雯　　胡说。你人美心更美，至少阿姨觉得好看。你说是不是，说话呀？

关怀　　是。我当时本想上去帮忙的。

秦雯　　看着吧，人家也有良心。

关怀　　可就怕一耽误，就错过镜头了。

朱咪咪　所以你把我拍得那么狼狈不堪。头发也乱了，鞋也湿了，脸上还弄得净是泥巴，跟个小泥猴似的。讨厌，还笑！

秦雯　　我说句公道话，你们两个都是好孩子，就是嘴巴太厉害。

朱咪咪　说我呢？

关怀　　是我。

秦雯　　怎么样，和个好吧？

朱咪咪　你好，朱咪咪。

关怀　　你好，关怀。

朱咪咪　交个朋友。

关怀　　建交。为了表示我的歉意，一起喝咖啡怎么样？

朱咪咪　这还差不多！

关怀　　阿姨，一起去吧？

秦雯　　我还要工作呢。

关怀　　行，那我们先走了。

秦雯　　好，慢走。现在的孩子真是有意思，哎，相机！回来！

　　　　[切光，落幕。

全家福

张中杰

时间： 2020 年秋，一天下午

地点： 三门峡市陕州区大营村一个农家院

人物： 贾文亮——男，30 岁，《黄河时报》记者

艾敬天——男，50 岁，陕州区大营村农民

艾自然——男，25 岁，大学生

【幕启：贾文亮上台。

贾文亮 我今天接受报社任务，采访首届中国三门峡"天鹅杯"摄影大赛冠军。大家看，就是我手里这幅，名叫《人鹅之恋》，画面感强，质朴自然，构图唯美，令人动容。这个冠军还是一个刚刚毕业的大学生啊，了不得呢！

[大屏幕展示照片：夕阳西下，天鹅湖畔，一位中年农民蹲在两只引吭高歌的白天鹅中间，用粗糙的大手抚着它们洁白颀长的脖子，注目远方自由嬉戏的天鹅，笑得阳光灿烂。贾文亮走入院中。

艾自然　（正擦拭"功臣"相机）你是？

贾文亮　我是咱《黄河时报》的记者，贾文亮！（伸出手与艾自然握手）

艾自然　你是贾（假）记者？

贾文亮　我是真记者啊。（亮记者证）如假包换，不信你看，新闻出版署，激光防伪的。不过也真是呀，贾和假都是第三声，不好区分呢！

艾自然　哈哈！是呀，我以为我说错了呢？

贾文亮　祝贺你夺冠军啊，为咱三门峡人长脸呢！

艾自然　哪里哪里，运气好而已。

贾文亮　俗话说，冰冻三尺，非一日之寒。我想知道照片背后的故事！

艾自然　嘿，你算说对了，这故事里面有故事。可是，不凑巧啊！

贾文亮　别卖关子啦！

艾自然　应该采访一下画中的主人公！

贾文亮　那敢情好！

艾自然　（神秘地笑）可是主人公去天鹅湖"巡逻"了。

贾文亮　他是警察吗？

艾自然　不是呀，不过他老躲记者呢！

贾文亮　记者又不是老虎，不吃人的！

艾自然　好事不出名，坏事传万里。得了，今儿趁他不在，我索性把他从前的那些个事抖搂给你听！

贾文亮　新闻报道实事求是嘛，这才是冠军范儿！

艾自然　话说从前，有一个好猎手，在物资匮乏的年代，背着一杆亮闪闪的猎枪走天下。出去两天，野鸡、野兔、山猪成麻袋背回家，从未失手。自家吃不完了卖掉，日子倒也殷实自在。他的儿子继承了衣钵，是远近闻名的神枪手。后来，政府通知禁猎，他异想天开，想偷猎一只白天鹅，从此金盆洗手，也算是打猎生涯一个值得炫耀的纪念。

贾文亮　人都说，癞蛤蟆想吃天鹅肉，可见天鹅肉得有多美味。

艾自然　一个凛冽的冬夜，他潜伏多时，瞄准目标一鸣惊人。子弹准确击中一只领头的白天鹅，其他的白天鹅四散飞走。他也因此触犯刑法，以非法猎捕濒危野生动物罪被捕，判刑三年，缓刑五年。（伤心状）

贾文亮　哎，你怎么哭起来啦？

艾自然　我讲故事容易动情！

　　　　〔艾敬天上台。

艾敬天　俗话说，家丑不可外扬。你小子今儿吃了豹子胆，胆肥了不是？看我不揍你！

艾自然　贾记者，救命呀！

贾文亮　老叔，我是《黄河时报》记者贾文亮，这光天化日的，你怎么敢打人呢？

艾敬天　我打他，那不是想什么时候打就什么时候打，家常便饭，天经地义吗？你问他，我能不能打？

贾文亮　法治社会，怎么能打人呢？何况他也没说你坏话啊！

艾敬天　你问他刚才说我的啥？

贾文亮　正给我讲故事呢！

艾敬天　可他说的是我呀！

贾文亮　你们这是？

艾自然　（笑指艾敬天）他是我爹！

贾文亮　早说呀，这不踏破铁鞋无觅处，主人公回来了吗？

艾敬天　那我也不能说！

贾文亮　没事儿，我只写好，不写坏，中了吧？咱要不要拉钩上吊，一百年不变？

艾自然　爹，都这把年纪了，怕个啥啊！何况咱不是"改正归邪"了吗？不对，改邪归正了哈！

贾文亮　小艾同学说得对。也让当今的年轻人接受个教训，健康成长嘛！

艾敬天　好吧。（痛苦回忆）刑拘后，办案民警三番五次找我谈心，民警翻开宣传画册，说你看咱的家乡多么美呀，你怎么舍得让它受伤？

艾自然　但见九曲黄河，一泻千里，被"万里黄河第一坝"拦腰斩断，在三门峡温柔地打了一个闪，旋出一湾数万公顷水草丰美的草甸。每年入冬时节到次年初春，这里吸引了西伯利亚数千只白天鹅来此栖息，成为闻名遐迩的自然奇观，成为一张对外形象的名片，被中国野生动物保护协会授予"中国大天鹅之乡"的称号。

艾敬天　由于我的鲁莽与无知，造成一只天鹅双翅受伤。它的伴侣，另一只白天鹅终日哀鸣不已，开春无法返程，天鹅数量锐减。想到自己对远方尊贵的客人痛下杀手，我那个悔呀！

艾自然　缓刑期间，检察官和司法局的同志也对爹多次开展社区矫正，爹更深悟了美属于大家，属于人类，一旦据为私有，便失去了美。

艾敬天 我卷起铺盖住进天鹅湖附近的一所废弃窑洞。衣不解带，用心呵护那对白天鹅。为了防止这群可爱的精灵被愚昧的法盲盗杀，每天徒步十公里绕湖"巡逻"。

艾自然 一个天寒地冻的子夜，爹敏锐地发现有人偷偷在湖边布网，亲手抓获了两名外地犯罪嫌疑人。他现身说法，令二人羞愧难当。好在因为犯罪未遂，二人被释放了。

艾敬天 那都是我为了赎罪应该做的。儿子，你别提啦，让贾记者笑话！

贾文亮 戴罪立功！这才是真爷儿们，值得我们学习啊！

艾自然 我在大学学摄影，辅导员让我帮助父亲，做了一名保护白天鹅的志愿者。每个周末，我泡在图书馆帮爹查找有关白天鹅生活习性的资料。暑假回家，与我爹一起学习保护野生动物的知识。每到寒假，景区观赏白天鹅的游客如织，我们劝导胡乱投零食者，向游客解释乱投食的危害。

艾敬天 我们爷儿俩向近距离的拍摄者讲解，天鹅敏感胆怯、易受惊吓，闪光灯会伤害天鹅的眼睛，以阻止他们拍照。我俩经常讲得口干舌燥，忙起来有时饭也顾不上吃。

贾文亮 （蹲下，拿笔记录）爱护动物，高风亮节！（用手做点赞状）

艾自然 子夜，繁星满天。爹与我在窑洞里琢磨鼓捣了三个月，发明了拍摄镜头过滤器。这种过滤器加在镜头上后，无闪光、无声音，拍摄时丝毫不惊动栖息的白天鹅。

（用双手比画）一年半后还申请了国家专利，专利费五十万元。（开心地笑）

艾敬天 我决定捐给野生动物保护协会，成立白天鹅保护基金，用于受伤落单白天鹅的救助和奖励在白天鹅保护工作中做出突出贡献者！

贾文亮 好！人间大爱呀！

艾自然 爹对待两只受伤的白天鹅就像家人，喂养期间，经常与它们"交流"，建立了深厚的感情。

艾敬天 两年后，两只白天鹅伤情复原后回归。我与白天鹅依依不舍，挥手远望天空，含泪送别。

艾自然 第三年，上万只白天鹅跋山涉水回天鹅湖越冬。阳光下白天鹅翩翩起舞，宛如仙子，吸引更多国内外游客纷至沓来。

艾敬天 今年孟春，又到了天鹅回家的日子。两只白天鹅与我难舍难分！

艾自然 我用镜头定格分别一刻作为纪念。两只白天鹅围绕爹居住的窑洞上空盘旋三圈才归队，飞向漫长的返程之旅。没想到这幅作品参加比赛获了头奖！这次冠军奖金是十万元，我也捐给基金会了！

艾敬天 好小子！

贾文亮 将门虎子呀，值得好好宣传宣传！评委中有位喜欢书法的诗人，有感于照片背后的三年灵魂救赎之旅的故事，挥笔为获奖照片题诗！

艾自然 这个我知道。"一鸣伤鹅怨不尽，身陷囹圄悔难平。唯将志愿献余生，人鸟和谐享太平！"

艾敬天　如今，我们陕州的张家湾、七里河，每年来过冬的白天鹅也不少！

艾自然　我的志愿者团队有上千人了呢！

贾文亮　想到今天有收获，想不到今天收获这么大！感谢你们爷儿俩接受采访，我得回单位抓紧写稿，明天见报！

艾自然　哎，别走呀！你的任务完成了，我的事还没完呢！

贾文亮　啥事？

艾自然　这次获奖照片即将赴法国参加摄影展，想请你以《人鹅之恋》为背景照张相，为我们爷儿俩留个纪念！

贾文亮　天上飘着云，那都不是事。咋不早说？来，这不是想睡觉拿枕头——两全其美吗？（开心地选好角度，按动快门，为他们照了一张全家福）你们看看，咋样呀？

艾自然　（父子相视而笑）这构图，这用光，真是专业！

艾敬天　把我照得跟演员一样，美！自然，贾记者辛苦半天了。咱晚上弄俩小菜，整一瓶仰韶酒招待贾记者！

艾自然　遵命！

贾文亮　（拉住艾自然）隔河作揖——承情不过呀！晚上我值夜班，咱们改日再聚。

艾敬天　那说好了，等你双休日有空，咱来个一醉方休！

贾文亮　喝酒那都不是事。俺有一个不情之请。

艾敬天　有啥尽管说！

贾文亮　今年休年假，我也来陪伴你们爷儿俩，当个志愿兵，中不中？

艾敬天　中中中！

艾自然　热烈欢迎。（唱）"我们的队伍向太阳……"

贾文亮　我要把这个通讯《一张特殊的"全家福"》拿去参加年度新闻奖大赛，要是获奖，奖金就给你们白天鹅保护基金会。

艾自然　太好了！贾记者，我镜头调好了，咱们也来一个全家福吧！

艾敬天　还是你小子机灵！

贾文亮　来，一二三，齐活儿！

　　　　　〔结束，鞠躬谢幕。

诗歌

黄河，在光圈上清唱

张竹林

1

光圈，在浪花上打坐
焦距定位，先辈站起来的名字
快门，展开的经卷
沉睡的闪电
熟透的谷粒，飘到天上
亮成星
金色的玉米落到地上
流成河

一不小心
我把那帧照片揉老了
你，还给我满河的浪花
闪着光的《道德经》，扛着
函谷关的重与轻

千年古枣林
闪光，在你食指按下的那一瞬
百里绿色的长廊，缓缓摊开
八千年的月光

新麦，弹奏着风景中的人
车马坑，在虢国文化的还原中
找到自己
彩陶、骨针，精磨的石器
将仰韶文化的印迹
化为荷香
摄影人，拿出生命中的某一天
纵观一些被湖光山色
隐去的词语

2

踩着散落的光线，往回走
遇见，召公从棠梨花瓣中
缓缓走下
沉睡在土地上的黄河
扑腾着白色的翅膀
来，三门峡越冬的一群群精灵
敲打，天鹅湖的心脏
底片上，鸟鸣是专职摄影师

对着舞动的雪花
按下阳光的快门

春天过去了，夏
生长、繁茂，秋的收获
倒挂在天上的大河，剪影里
沾着泥土色的乡音
三脚架，在中流砥柱上写诗
崤山，在摄影人
翘起食指的那一刻
贴着地平线，不敢再长高
上官婉儿的诗句，握着黄河的水
泪，从骨缝里溢出

镜头，反身向下
泥土里，雷声轰鸣
水草、浪花、鱼骨石
在庄稼的根部，都是
响当当的字和词
光圈与快门，转化为
诗的建构

3

河，喊出

藏在浪花里的魂
水，碰触黄土地的筋脉
声音产下的影子，带着
阳光吃剩下的樱桃红
函谷关、中流砥柱、古秦赵会盟台
根，扎在天空的深处，与
那里的蓝，盘结在一起
呈现出，金属的镁光

晨，晃动娇嫩的纤维
随着摄影人的目光，从
一片叶，跳到另一片叶上
黄河惊世骇俗的秩序和原则
凝固，飞溅的含义和泥土的暗香
太阳手里的那只空酒杯，倒扣
压着山，压着水，压着
名字、文字和姓氏
燃烧的那朵蓝，把土地烧制成陶器

光，把血举到血的高度
影，把人还原为人
飘在镜头前的诗，穿着薄薄的丝绸
水在焚燃之前，透明、柔顺
翻阅、回忆，思索古旧的经典
凝望一段老时光

奔流到海的黄河，坐在
爬满青藤的老屋旁

今天　您拍照了吗

南海江

也许您是个摄影发烧友
也许您是位职业摄影家
也许您只是摄影爱好者
也许您什么头衔称谓都没有
就是喜欢用手机里的相机
喜欢什么　关注什么
就"咔嚓""咔嚓"
把生活中的发现用镜头记录下
哈哈
这是一个科技迅猛发展的新时代
摄影　既是"王谢堂前燕"
又已飞入了"寻常百姓家"

摄影
记录见闻　表达钟爱
提炼生活　升华艺术
简单快捷的摄影

可以通过影像传递信息
大众化的摄影
可以通过拍摄过程传播善举

今天　您拍照了吗
是否拍到了旭日东升
却遭遇到了大伙冒险拥挤
是否拍到了孔雀开屏
而赶走了同园栖居的锦鸡
是否　为拍到天鹅起飞
而使用追赶的无人机
是否　为拍到虎虎生威
而掂着血淋淋的诱饵和"道具"

今天　您拍照了吗
是否　因自己拥有长焦而藐视他人专注微距
是否　为拍到理想照片而长期把有利地形占据
是否拍完了沙滩脚印　就把现场抹去
是否拍完了花蕊绽放
而毁掉了鲜艳美丽

今天　您拍照了吗
拍照　原本是要记下真、善、美
曝光假、恶、丑　留下时代记忆
记录社会前行的步伐

长焦　望见诗和远方
中焦　定格众生百态
短焦　助您亲近事物
微距　道出那些不为人知的情话
您还可以拍一张"鱼眼""广角"
让世界在我们的眼前凸显　放大

拍照又是艺术创作
把平凡生活典型化
它引领认知　提升观察
好的作品　塑造审美　典藏风雅
经典的成永远
瞬间　也能见奇葩

今天　您拍照了吗
没拍　就拍吧
您身边坐的老者
人生执着　霜染白发
您前排的妙龄少女
青春飞扬　豆蔻年华
您眼前的摄影大军
聚焦时代　不负韶华
您镜头里的人民大众
不忘初心　光耀中华

拍一张您想拍的照片吧

得不了"金像奖"

也会成为影像大海的一朵浪花

成不了摄影家

也可做一只小蜜蜂　采得甜蜜与芳华

拍一张吧

只要您用心　用情　心存至爱　真挚表达

"金像奖"就在这里　等您来拿

拍一张吧　拍你　拍我　拍他

拍一张吧　拍民族振兴　盛世繁华

拍一张吧

拍百年梦想　拍雄起的华夏

拍一张吧

拍世界大同　爱无天涯

拍一张吧

拍长江的雄壮　拍黄河的伟大

拍黄河金三角区域协同发展

拍三门峡百里黄河生态廊道美景入画

拍"最早的中国"和仰韶、庙底沟文化

拍中流砥柱与万里黄河第一坝

来到"一节一展"

您就尽情地拍吧

拍疫情过后的预防常态化

拍复工复产经济复苏的追赶超越步伐

拍中国优秀旅游城市——大天鹅之乡

拍"幸福河"边的中国摄影之乡——黄河明珠三门峡

带上相机吧

三门峡正在创建中国摄影文化城

首批十大摄影基地正为您揭开面纱

在这里

您可以拍到正在动工建设的中国摄影艺术馆

在这里

您可以走进学校看校园摄影文化

在这里

您可以尽情地拍文化传承

拍经济社会发展之巨大变化

拍您想拍的一切

拍您眼前和心中的

——"五彩三门峡"

你，用光圈拓印爱的重量

张彩虹

1

瞳孔与镜头间距离
游弋纳米级的瑰丽
只一个灵魂，就将它铭记
180°的快门角度，化为永恒
在时光大河里，不息奔腾

常常，你用温柔的爱之光环
倾诉大自然一串一串的甜言蜜语
春柳袅娜，鸟语呢喃
止水镜湖，秋波如蓝
游鱼细石，在光影里穿梭
瞳眸里的意境，高山流水绵延

那是生命绽放的季节

你，眼底的花期不败
就这样，凝固了蛙鸣与变形的时间
钙化了涟漪与调皮的浪花
还有岁月的黑白与彩色的变换

2

一日，太阳还未跳出襁褓
你的脚步已敲击出发的琴键
晨曦中，单反、三脚架不再静息
黄河的秀目，为你的梦戴上光环
你的心，与白色精灵一起律动
喧哗，游弋，踱步，偎依
筑巢，孵卵，育雏，比翼
深情的，梦幻的，优雅的，绚丽的
虚与实的互衬，远与近的特写
你用眼睛感动眼睛
用心灵打动心灵的境界
无数次超越想象

一朵朵雪片，云霞
把向往拥入胸怀
伴随中流砥柱的风度，黄河大桥的风姿
带着体温，生了翅膀
穿越黑夜

将游子的思念，一一点亮

3

秋风来了，你的鬓角落满霜花
瞳眸里的菊黄，雪野里的梅魂
虢国的文脉，函谷关的气韵
在一道山，一道水的脚力中
生长年复一年的精神提拔

梅花鹿的俊俏，松鼠的敏锐
"鹭世界"的甜蜜与辛酸
羚羊的生命讯息，狼图腾的展现
当你的生命与大自然融合
你的镜头里，发出令人泪目的生态呼唤

4

当黄昏来临，你的心里闪进无数颗星星
江河吞没山的倒映
高楼的窗口蹦出一颗颗亮丽的温馨
若酒，醉了你的镜头，眼睛
还有一颗探寻美好的心
从此，夜景也在白天点缀
阳光，与月光同辉

也许，你是业余摄影爱好者
周末，才属于分秒必争的自己
也许，你早已担当一份理想与使命
生怕错过了一个可以永恒的瞬间
抢时间，赶速度，赴现场
时代旋律中，你跋山涉水
夜以继日，谱写传说与神话

江河奔流，一座座惊世的大桥架起
山脉横亘，隧道里的天路蜿蜒
高铁巨龙飞动，建设者额头的汗水
山间彻夜的明灯与燃烧的梦想
一次次，把你的镜头浇灌
你用思想的光，链接江山嬗变

一张张照片，带着泥土的芬芳
时光的厚度，闪烁光芒
调光，对比，冲印
无数次提取完美，给相遇披上霓纱
就这样走下去
以水滴反射诗史中的炎黄
在河山的画壁，拓印爱的重量

光圈，在浪花上打坐

张宏超

1

一枚身影，瘦小
但不羸弱
在河畔，迎风
艰涩的步履，踩出
一碗，人间烟火

满河，满塘
活泼的阳光
流动着芬芳的芰荷香

2

为一帧靓影
你把挺直的傲骨

弓成一座
风雨里的彩虹

心，在眼泪
落下的那一刻
蕴含着几多心酸
几多无奈

左手里的光圈
凝成，右手心
几十年不变的漫长打坐

3

感冒的云朵
企图用啜泣
央求赦免
枯萎的春天
想用一块明媚的秋色
填补

亘古
你就在那里
悠然沉寂，倔强
如一尊远古的青铜器

4

用一个焦距，敲开
黄河的爱情
水草的绿，像五月的黄土
剥开，一粒土色的种子
浪漫的诗境，亮成
一轮满月

春去了，浅秋盈盈而来
一条河，没人能拍完
它的味道
被上帝吻过的水花
把人间调成"静音"的模式
水墨的镜头下
多了几分诗情画意

5

湖，还未经水冻结
就被天鹅唱醒了半阕
白头发的芦苇
谢过了秋雨的锤炼
舞动的身姿，给天鹅伴舞

雪花，叫醒了耳朵

太阳和云彩，在焦距里闪烁

月光，放多了一些

湖水便收敛了追爱的鸟鸣

炊烟画不直的曲调

沿着光圈移动

歌赋，窗子

却接纳许多穿透来访

比如黄，比如指尖流动的湖水

光圈，不再静默

起身接受音符的邀请

忽地，一小节无谱的乡音

足够坚硬的心跳

淌出了有温度的盐

6

有一种淡雅

是你，挥挥衣袖

弹落的尘埃

汗水，叠起的丝丝甜蜜

定格一幅，写意的山水

光线徐徐，如痴如醉

黄河与你，仅仅只是
食指，叩动的距离

饮一杯山色，枫红醉倒
鸟儿，在一条弧线中坠落
草丛爬满，一群露珠
刻上文字的石头，有着
笔触和思想
霜冻和白霜，正赶往
越来越薄的日历上

裹紧风衣，再一次
拧紧骨头，走入旷野
焦距，跳来跳去
捆不住，岁月的辙印
八月的菡萏，浓缩成几阕
熟透的宋词

快门沿着浪花，反刍
太阳，在花瓣上啼叫
陶罐，截断目光的嘶喊
你每点下一个赞，纷呈
生命在死亡中制造着亘古的生命

我听到镜头里大黄河的喧响（组诗）

韩东林

一、天鹅之城

在三门峡的天鹅之城

许多的白天鹅飞进我的镜头

让我在镜头里能聆听到天鸟的鸣唱

甚至　它们优雅的舞姿

在我小小的镜头里

定格成　一座城市最完美的记忆

那是多么遥远的期盼啊

充满恒久的诗意和浪漫

每一道生命的彩虹　都会跨越时空

在城市的版图上　留下神奇

在金三角的上空　留下迁徙的故事

为一座城市　书写美的痕迹

白天鹅　请让我用三门峡的名字

为你高贵的生命命名

让你成为　我镜头里的最高荣誉

白天鹅　请让我用大黄河的喧响

为你精彩的舞姿鼓掌

让你成为　一座城市最美的图腾

这里是白天鹅的故乡

这里是快乐飞翔的人间天堂

从遥远的西伯利亚

它们为三门峡带来温暖的春天

将万物空灵的天鹅之城

装点成我镜头里的丹青画卷

二、森林之海

请让我的目光　走进淇河林场

让我的焦距　对准茂盛的林海

让我的情怀

在40多平方公里的林海中遨游

看群峰起舞

看千云缭绕

让故乡之美　洗去我的一路风尘

登上玉皇山的绝顶

我会拥有脚踏西部屋脊的自豪

剪一片白云

擦洗我痴爱的镜头

将俯瞰的秦岭余脉　茫茫林海

将眼底的诗意风光　山水画卷

拍摄成清晰的梦境

献给一座城市　成为不朽的记忆

在黄龙潭　饮一口清泉

仿佛饮下对故乡久远的眷恋

这甘甜的泉水

曾经啊　在我浪迹的诗行里流淌

曾经啊　在我奔走的足迹里吟唱

也曾在我小小的镜头里

滋润我内心的迷惘

引领我　辨清回到古老原乡的方向

在骑马沟　采一束山花

仿佛采下森林之海中的所有芳香

依旧是　少年时嬉戏的模样

是否还有青梅竹马的故事

存留在我的记忆里

是否还有采蘑菇的快乐童谣

仍然在大森林的秋天　被孩子们再次吟唱

三、黄河之境

在三门峡　我将镜头
对准这一颗最珍贵的黄河明珠
并镶嵌在我的内心深处
让它的光芒　引领我行走在祖国的山水间
让它的温暖　浸透我热爱祖国的血液

多美的黄河之境啊
丰盈的文化圣地
是彩绘在中华沃土上的传奇画卷
永恒镌刻着　黄河远上白云间的神韵
招引我　将大写的中华魂魄
融进用镜头书写的大爱的诗行

沿黄河之岸行走
仿佛聆听到上河曙猿的长鸣
轻舟飞过的关隘
闪烁着无数神话传说的星光
更绽放着中华民族精神的光芒

你看：黄河一线天上来
两山突兀屏风开
九曲黄河　仍在我诗意的镜像里喧响

三峡龙门　仍在我浪漫的镜头里耸立
而我巨龙般的祖国　伴随
《黄河大合唱》的雄伟乐章
永远在东方的崛起与辉煌中
成为中华民族　不朽的脊梁——

当我举起照相机

刘巧

当我举起照相机，一条流动的大河，在我眼前
奔腾、跳跃，那黄河
九曲十八弯，那黄河岸边的人们
守着一片田地辛勤劳作，山河壮丽，景色秀美
我轻轻地按下快门，于是，裁剪的画面，更像是
另一个静止的世界。风吹草木时，草木在微笑
黄河奔流时，浪花在起舞
船夫的号子，只能看见表情
尽管听不见声音，但是，我能感受到，他在歌唱
他身上的朴素衣着，他身上的黄土气息
在那一瞬间，成为永恒
三门峡大地，开始了泼墨流远

当我举起照相机，我仿佛穿梭在时间和空间之中
真实的，虚幻的，缥缈的，流动的——
我记录下的每一个瞬间
都可能触及一些人的心灵柔软之处

而那定格的每一张照片，似乎在诉说生命的质朴
与时光的永恒。流水澄澈，光阴短暂
逝去的永不再来，一台照相机
一个与世界对话的最好方式
于是，摄影不仅仅是艺术
更是责任、担当和使命
而拍摄的照片，则是为了让自己的心灵得到安宁
让艺术的价值，在时光之中，变得恒久而动情

当我举起照相机，眼前的美与景，我都可以带走
两只白鹭亲吻时，目光中闪烁的爱意
松树和柏树，相互凝望时的立体姿势
流云飘过三门峡的山川河流
黄河用母亲的慈祥，拥抱着黄土高原
鲜花盛开，四季变换，炊烟袅袅，流水潺潺
只要在一瞬间，记忆，留影，剪切，定格
没有什么，是不能够被抚摸的
也没有什么，不可以触及
喜欢真实，喜欢美，发现真实
发现美，是艺术的源流

当我举起照相机，一双素净的手
变得颤抖，复又平静
最美好的瞬间，其实就是一次偶遇
用心去贴近，用情去感受，用心灵的思考去触摸

于是，只听"咔嚓"一声，生活就有了美的记录
岁月的大河，与现实的大河，同样波涛汹涌
无情的岁月，带走了一个人的容颜
带走了历史与沧桑，但是储存在照相机里的
却是一个人的回忆，一个历史的珍贵瞬间，以及
我们回首往事时，触景生情，睹物生情的源头

当我举起照相机，不仅仅是在创作
还是把美的事物，系在心头，那春天的花海
夏日的骄阳，以及秋收时金黄的谷粒
都是眼睛里的闪电
生活的美，细节的美，有的时候，就是那样从容地
走入了心灵深处，而我"咔嚓""咔嚓"按下快门
仿佛感受到了风雨深处，那湿漉漉的爱
以及幸福的内涵，在流动……

当我举起照相机，双脚会情不自禁地漫行
行走就是发现，就是去捕捉
世界就在前方，脚步的移动，就是去接近无限的江山
我常想，那一张张震撼人心的相片
来自何方？那一次次令人惊艳的瞬间，如何被发现
而给流水以舒缓，给飞鸟以翅膀，给世界以颜色
是一个人用心去接近的何种生活

是的，镜头对准，眼前的景色，有远有近

人体的摄影，有黑有白

但是心灵无疆，心灵的高度，就是艺术的高度

于是，我看见——

摄影人，用一生的艺术追求，诠释着对摄影的热爱

用万里征程的付出，只为发现未曾发现的美

天空的浩瀚，地理的辽阔

人声的喧哗，大地的平静

方寸之间，浓缩的，就是理想、梦境和幸福

黑白的世界里，就是记忆、往事和年轮的感慨

而彩色照片中，光华与荣耀，平凡与歌谣，让美

一次次，荡起心灵的波纹

让美，在生活的拐弯处，变得精彩而富足

中国摄影艺术节——艺术之春（组诗）

刘艳丽

黄河明珠三门峡

——魅力天鹅城

三门峡又赢了

这个响亮的欢呼

是中原腹地的元气

守护着远古

很久很久的遗存

唯有峡谷深处

流动着黄河的征程

奔腾欢快的记忆

收藏着

黄帝宫殿厚土的威严

禹功之斧

传颂着

三门峡的由来

砥柱如妆台
浪花描云飞虹彩

沉静的河流
昭示着民族的含蓄
直到魅力中国城
三门峡赢了
再度点燃
热情的火把
举您于头顶的光环
蒸腾凝聚的自信
让所有的等待
揭晓掌声的影响
传入营窑穴居的洞房
穿越了陕州古城脉
久远的周召治理美誉
在这里再度兴起

三门峡又赢了
历史遍布了
民族的礼仪之赞
呵护了天鹅湖
走红魅力中国城
东进西迎古辙痕
秦门汉远路

唐关难出行

唯见黄河湛蓝处

敢携江海比清澈

聚彩冬来湖边看天鹅

赞英才雄略

迎赤子心激荡

万籁萌新机

赢在凯歌

三门峡的沃土上

精神有家园

在平淡的日子里

期盼哼唱着欢歌

清晨的芬芳

存放着无饰的深情

春天是出格思绪的背篓

家乡收集了

一辈子的真诚

用心的积累

比等待更好珍藏

鼓掌与激励

是强者的抚慰

传神的细胞有节奏地跳动

让灵魂留在妩媚的高地

世界之大还有心在

微生之小找得到那种熟知

千变万化永恒的相悦

岁月扮演着追忆

荏苒四季不绝

万代成基石

芦苇举欢歌

呼与吸的赞叹

知足于富

一个宁静的王国

编写着有湿地的家园

中国摄影艺术节

——艺术之春

穿透时光的影子

轻抚经历如美

从前的厚积与幸运

点评着可视的珍藏

风吹林荫

庇护着流沙

往事的岁月出神在

爱的瞬间

男孩、女孩与秋虫

在晴朗的天空下

世界开幕在
三门峡文博城
三层空间的包容
零距离的艺术走廊
主题式渐近渐远

阿尔金山的秋色梦想
任凭风情收获溢彩
让心灵的脚步
停下来歇息
为了蓝海倒影的韵律
与另一个自己
醒悟在四季
比照着大胡子的身影
讲述激情的岁月
——如新
有一张黑白照片
印记着呼唤的眼神
明年还能见到吗
已将今天悠然的记忆
——带入艺术之春

三门峡的天鹅

深爱在路上

冬迁春逐

彼此的相守

叽喳游湖漫漫行

情定问于秋

注定奔波的旅途

天际留印证

不信就从三门峡出发

去德国

去西伯利亚

一路专访天鹅的誓言

无数的恋情

已扎根在

黄河温床上的明珠湾

三门峡，我再一次为你按下快门

薛涛　薛梦鸽

我是一名摄影爱好者，
说我是摄影师、摄影家，我觉得都不配名分。
充其量我在报纸上发表过几幅摄影作品，
刊登过几篇不成熟的摄影文章。

这些年我也到过很多地方，
名山大川、风景名胜、城市农村、特色小镇。
这些地方都留下了我的足迹，
我也不止一次按下摄像机的快门。

但过后就对这些地方淡忘了，
记忆模糊、印象不深。
就好像拍摄失败的照片，
轮廓不清、严重失真。

但直到遇见了你，
三门峡，我的爱人。

请允许我这么称呼你，
因为实在找不出更恰当的词语表达我对你的一见倾心。

你不算是大城市，
说成中等城市我觉得也不是恰如其分。
你应该是小城市吧，
因为总人口也不过 230 万人。

我一度想不明白，
你为什么是中国优秀旅游城市、国家园林城市、国家森林
城市、中国大天鹅之乡、中国摄影之乡……万千宠爱集于一身？
带着这些疑问，
我开始了探寻。
我去了湖滨区，
这儿地处黄河三门峡水库之滨。
虢国博物馆的厚重，
强烈震撼着我的内心。

陕州风景区是河南省最大的城市园林，
水光山色相映，风景宜人。
漫步街头，耳边飘过的是豫剧《虢都遗恨》，
演员婉约又不失爆发力地唱着"娘不离娇儿，儿不离娘亲"。

我去了陕州区，
地坑院深深地把我吸引。

这样的地下古民居建筑，
我以前见所未见，闻所未闻。

石壕古道饱经沧桑真容犹存，
我耳边仿佛又听到了杜甫吟诵《石壕吏》的声音。
那有着鲜明地域特色的陕州锣鼓书啊，
让我真切感知了原生态曲艺的灵魂。

我去了卢氏县，
这里山高树繁，空气清新。
畅游在这深山古林中，
我俨然成了纵情山水的仙人。

我去了渑池县，
探寻仰韶文化的基因。
那绵甜清爽、回味悠长的仰韶美酒啊，
绝对是饮宴的上品。

我还去了灵宝市、义马市，
"苹果之乡"和"生态宜居之城"的称谓恰如其分。
函谷关的险要和鸿庆寺石窟雕刻的精美，
让我叹为观止，感慨万分。

我到了经济开发区和城乡一体化示范区，
看到了产业兴旺发展，小城镇建设有序推进。

工厂里机器的作业声，
奏响了黄河流域生态保护和高质量发展的时代最强音。

我去了三门峡黄河大坝，
目睹了"万里黄河第一坝"的风韵。
那怒涛翻卷、水花飞溅的黄河之水啊，
不正象征着中华民族勇敢乐观、坚强不屈的精神？

我终于找到了答案，
找到了你集万千宠爱于一身的原因。
你山水资源丰富、文化积淀厚重，
你信念坚定、坚韧不拔、敢于担当、造福人民。

10000 余平方公里的面积，230 万人口，
乍一听觉得不相称。
但你分明就是个难得的大氧吧呀，
适合释放压力，颐养身心。

你是一座有温度有情怀的城市，
连天鹅都不远万里到这里越冬生存。
"黄河明珠""天鹅之城"的美誉，
舍你其谁，唯汝独尊。

你是镶嵌在黄河飘带上的一颗明珠，
光芒四射，灿若星辰。

迈步大街小巷，
能感受到你的变化日新月异。

你蓬勃发展，充满活力，
你大气磅礴，风华绝伦。
生活在这里的市民有满满的幸福感、自豪感，
你科学发展的脚步是那么稳健。

作为一名摄影人，我怎能辜负了你，
于是我一次又一次按下了手中摄像机的快门。
我要为历史提供真实的影像档案，
这是义务，更是责任。

你运筹帷幄，高瞻远瞩，
与中国摄影家协会联姻。
叫响了"中国摄影之乡"的品牌，
摄影文化在这里落地生根。

我有一个小小的请求，
不知道大伙是否应允。
我也想落户三门峡，
想做这儿的市民。

我要为时代放歌，
我要为历史存真。

我要为高质量发展的三门峡，
留住记忆而勤奋耕耘。

三门峡，我的爱人，
请允许我再一次为你按下快门！按下快门！

请来拍我

张洁方

滔滔的黄河对我说
请来拍我
拍我自天而泻的气势
拍我奔腾倒海的壮阔
拍我涸染下的每一寸土地以及生活在每一寸土地上的人们
与我一样的颜色

滚滚的长江对我说
请来拍我
拍我思想的激流
拍我信念的执着
拍我从西到东的逶迤以及依附在我身边的一切
把古老的和现代的文明一一诉说

巍巍的泰山对我说
请来拍我
拍我岩石的坚韧

拍我山体的厚重

拍我泰山顶的喷薄日出怎样把九百六十万平方公里的山河

涂抹成青春的色泽

钢铁的长城对我说

请来拍我

拍我永恒的身躯

拍我不朽的意志

拍我与一石一砖共同挺起的中华民族的脊梁以及

无所畏惧的魂魄

三门峡大坝对我说

请来拍我

拍人门、神门、鬼门怎样在建设者的手中化为尘埃

拍我怎样以屹立不倒的巍峨

让一条桀骜不驯的黄龙变得服服帖帖

让浑浊的黄水荡漾漾清波

白天鹅对我说

请来拍我

拍我从西伯利亚的迁徙

越千重山，穿万层云

也要到我的第二故乡——三门峡越冬

绝不辜负比天堂更美的明珠水泊

寺河山的苹果对我说

请来拍我

拍我饱满红润的脸庞

拍我垂挂枝头的丰硕

拍我怎样用又脆又甜的汁液把全世界的味蕾征服

让他们伸出大拇指说，OK！中国

高铁对我说

请来拍我

拍我从蒸汽机到子弹头的蜕变

拍我伸向神州山河的每一个触角

拍我怎样用力度和速度诠释什么叫

风驰电掣

长征火箭对我说

请来拍我

拍我的威武神勇

拍我的爆发力

把一颗颗满载中华民族伟大崛起的卫星和飞船

送上宇宙天河

航空母舰对我说

请来拍我

拍我这块移动的国土以及

枕戈待旦的铁鹰

用威严和忠诚护卫着蓝色海疆的安全和
中国梦的腾飞

中国天眼对我说
请来拍我
拍我放大了千倍万倍的眼睛
不停地对宇宙苍穹探测
探测浩繁的银河星系里有多少行星、多少恒星以及
南仁东星

袁隆平对我说
请来拍我
拍我脚下或丰腴或贫瘠的土地
拍我身边金黄的水稻
怎样以丰收的姿势亲吻大地
完成胃对生存的重托

钟南山对我说
请来拍我
拍我与我的战友怎样逆行
拍疫魔怎样肆无忌惮
拍全国人民怎样携手并肩、众志成城
还华夏大地风调雨顺、福寿康宁

咔嚓，咔嚓

拍我，拍我……

突然，我觉得我手中的摄影机有十万吨重
甚至超过司马迁手中那支巨笔的重量
每一次日出日落
都是历史的记忆
每一朵浪花的跳跃
都是历史的震颤

突然，我觉得摄影师这个职业很神圣
恍然意识到我们是历史的忠实记录者
那么，请让我怀一颗虔诚之心
调好焦距，选好角度
咔嚓，咔嚓
拍出巨龙腾飞的崭新中国

光，镀金的影

周佳灵

1

太阳，扔进黄河里几朵秋色

"佳能" 五指含香

快门，将熟透的谷穗

捧进掌心

闪电的紫光，敲出八月的芬芳

菡萏，刷新河畔的灯影

老树点亮，童年的涛声

百里长廊的风华，感光

绿的才气

52°洞藏的彩陶坊，醇

从身体里长出

骨针、陶片，精磨的石器

将仰韶文化的拖影，拉长

函谷关、《道德经》，断裂的瓦砾

加减，进入相机的光量

千年古枣林树梢上的云彩

拧出黄河的轰鸣

中流砥柱，背起故乡奔跑

宁静的车马坑，被

虢国文化的音符，点亮

翻山越岭

大坝，切开水流的生命

跋山涉水

白天鹅，绽放湖水的盛开

曝光时间、快门速度、景深范围

藏在花瓣里，风干

三门峡的人文地理，文化古迹

2

光圈、快门，感光度

卸下的欲望，被身后的人捡起

微笑，唤醒记忆

双眸是月光下的黄河，酝酿

灯光和遥远的星辰

裁几片白云，贴在镜头前

泥土色的河面上，摇曳

金子色的闪光点

乳白色的炊烟，是在天空飘动的纱巾

高于先人的目光，顺着河流爬

荷花、水草，谷子、豆子

拉拉扯扯，细看就像

一张年画

人门、神门、鬼门

是太阳切割下的仙峡

中流砥柱，坐在石头上

清点旧情

一道光攀缘，穿越封闭

梦生翅膀，邀约黎明的曙光

紫气盈心。蘸足浓墨

书一幅《黄河人》

3

阳光，在河边遛弯

晃了几圈，俯身亲吻一个影

梅蕊战栗，摇落满河芬芳

风，从远处走来

裹着水的秘密

廊道沿河生长，绿树花草的鼾声

侵入每一寸记忆的印痕

标准镜头、长焦镜头、广角镜头
改写一则规律，无数个纬度
聚焦沸腾。淋漓中的精致
沉淀，激情澎湃后的寂静
光，给出更多的理由
我触摸到古典的温情

星星，唤不醒白天鹅的梦
湖水沉寂下来，过滤
繁杂的鸟鸣。河水的波纹
刻上，树枝的阴影
银杏叶从高处落下，带着
百年的问候，那么轻
怕不认识路，耸耸肩
背走整座城

4

一朵浪花，从镜头中顶出蘑菇
快门开启，光线扫过镀金的波浪
路过的诗句，盛在仰韶的彩陶里
像素、色温，胶卷、滤镜
忽略，动物雄雌间的界限

反思自己，偷溜的灵魂
散发，黄土地的霸气

一道闪电，劈开声音
黄河，也是摄影人的奴隶
孕育的美好，反刍
流速与激情
用失眠，赶走失眠
算出自己的生活公式

不同的光谱，起点和终点
都是动人的悬念
光学变焦，数据传送
在闪存卡里蛰伏，溶解的心结
只为，生根发芽后的破土而出
圆月的欢腾夜
有泪珠，落入光盘

三门披锦绣

黄云光

三门披锦绣，
黄河涌碧浪。
天鹅起舞，
百花飘香。
喜迎盛会，
彩旗飘扬。

佳节十三届，
满城喜气洋。
拓展艺术之路，
共同探讨磋商。
国际摄影，
荟萃华堂。
五湖四海嘉宾，
会聚天鹅之乡，
陶醉摄影之乡！

浩荡金风，
劲催摄影者的脚步。
美丽三门，
托起摄影之长廊。
为盛世而歌，
为文明而唱。
把心融进生活，
像大地一样宽广。
把情融于艺术，
像大海一样浩荡。

闪光灯，
闪烁灿烂的朝阳。
支撑架，
支起岁月的光芒。
启开快门，
聚焦万象。
把文明入镜，
把幸福入像。
敏锐的眼光，
捕捉满天的希望。
灵巧的双手，
铺开锦绣华章。
聚焦时代，
聚焦"三农"。

聚焦田野，
聚焦工厂。
聚焦真善美，
聚焦德贤良。
聚焦脱贫致富，
聚焦改革开放。
定格青山碧水，
定格绿地蓝天。
定格火红的岁月，
定格美丽的时光。

今日中国摄影人，
是多么幸福！
展翼扬帆，
壮志高昂！
双百年绮梦，
插上理想的翅膀。
特色之路，
铺开锦绣辉煌！
为艺术而欢歌，
看豪情激荡。
为文明而摄影，
把靓景梳妆。
影像架起友谊桥梁，
国际友人心花怒放。

为友谊而来，
为和平而唱。
摄影艺术奇葩，
绽开五洲四大洋！

艺术无止境，
摄影者的脚步，
永远奔驰在路上。
生活多姿多彩，
艺术点燃希望。
今日之中国，
万千瑞象！
摄影之路，
多么美丽宽广！
让我们携手同行，
聚焦美好的未来，
聚焦美好的梦想，
让闪光灯，
闪烁不尽的光亮！

闪烁的流年

李群懿

翻开旧影集，那些往事
不拥不挤地，走了出来
我的思绪
像一只天鹅
游弋在三门峡的天鹅湖畔

披着秋日，黄河岸边
我，驻足眺望
激动地伸出双手
像拥抱久未相见的母亲
眼眸湿润、模糊
如雾流，遮住了拉长的镜头

蜿蜒流淌的黄河水
多像一条焦糖色的围巾
裹在三门峡这座城市娇羞的脖颈上
绰约美丽，瞬间

便定格在快门中

时光积淀，每一张照片里
都藏着光阴的故事
我踱步于雄壮的三门峡黄河第一大坝上
这是我魂牵梦绕
注满情怀的黄河大坝
面对它的壮观
面对黄河碧色春之韵
面对砥柱中流梦之歌
我感慨万分，激情四溢
像黄河水，汹涌澎湃……

黄河之上
我不舍地走过，不舍地靠近
我像一个站在家门的孩子
定格在一步跨三省的脚印里
定格在那段珍贵的时光中……
时至今日，我站在照片外
亦犹闻到，黄河之水天上来

捧着亮丽而自然的照片
像推开一扇艺术之窗
在窗外
映着鲜活的流年

天鹅湖上，白天鹅，飞去，又飞来……

在窗外
映着一位摄影家独特的艺术视角
一朵滴着晨露的月季花
将城市点缀上了最美的裙摆……

在窗外
映着一位摄影家对生活的热爱
海上日出、山中明月
在每一台三脚架上
都尽情绽放着昙花一现的美
在每一个弓膝前倾的身影中
都倾情守护着一只靓羽的蹁跹……

我，对着你的镜头
信步从金秋走来
我冲着生活微笑
揣着憧憬，奔着希望走来
我带着亲切的问候
从遥远的北方走来
走在三门峡楹联一条街上
徜徉在浓厚的联韵中
我倍加感受到
生活在这座城市的人

好生幸福

与生便具有了古韵神采

我就这样深情地

走进了一幅中原文化气息浓郁的照片中

追逐风影流年，每一张照片里

都饱含着一个感动的故事

看着，看着……总会有一种别样滋味涌上心头

在那故事里

尽管我读不出完整的开头和结尾

当我捧起这些老照片

尽力稳住，一股温热

还是溢了出来

我们是摄影人

屈松林

当晨曦初绽
田园山水画徐徐展开
当风起云涌
摄影人忙碌的身影
在时光跃动中若隐若现
当天鹅之城追逐梦想
激荡崤函大地的辉煌乐章
看摄影人步履匆匆
将新时代的钟声在晨光中敲响

每天与晨露为伴
紧紧拥抱流岚
每刻与光影相恋
构想着一幅幅画卷
每次踏泥泞前行
捕捉动人的瞬间
我们用沉甸甸的责任和信念

用镜头记录生命的一幕幕经典

当雪花，以优美的舞蹈悄然离开
我们用焦距定格一个宁静的冬天
一个洁白美丽的身影
一个冰雪激起的沸腾灵感
伴随呼啸而过的黄河风
登上了《魅力中国城》
这儿有你的辛勤付出
也有我不倦的身影

光影交错、刚柔相济
"白色精灵"的美让人无法抗拒
不脚踩泥泞，哪能拍摄到迷人的景色
不踏遍雪野，哪能抓拍到美丽的白天鹅
不细心观察，哪能拍摄到精妙绝伦的照片
不独辟蹊径，哪能发现天鹅之美与城市精神的杰作

当荷花的裙裾，掀起夏日亮丽的色彩
我们聚焦大河奔涌、河浪层层
记录生命蓬勃的喜悦
记录一只蜻蜓瞬间的喃喃细语
我们是生活中，一只只敏锐的眼睛
我们是快乐的摄影人
行走在地平线上，率真而热情

聆听大地的每一次律动
倾听烈日下黄河的奔腾

我们用相机记录美好，留住感动
一幅幅感人的照片背后
讲述着一个个动人心弦的故事
透过它可以看到城市繁华
透过它可以看到乡土热情
透过它可以感到时尚气息
透过它可以听到时代之声

哪怕是一棵无名小草
都会使我们的灵感熠熠生辉
哪怕是一只小鸟的飞跃
都会弹开相机鲜活的快门
我们是一群敏锐的摄影人
是时代明亮的眼睛
我们忠于历史，高举长镜
穿越风雨雾霾，追踪尘封的原真
用"鱼眼"曝光魑魅魍魉
让忠诚，重新发出朗朗笑声

我们，是一群勇敢的摄影人
为了拍摄到七彩晨晖
常常在天亮之前就爬上高高的山顶

为了拍摄自己理想的光影

常常从黑夜等到黎明

为了拍摄到不同角度的美景

常常身处危险之境

为了拍摄，竟忘了自我

为了拍摄，用勇气和执着去拼搏

我们喜欢早晨的太阳

站在山顶向远处眺望

把一切美景收进相框

我们喜欢乡村的味道

喜欢朴实无华的生活

精心将乡村人的热情收录成册

定格美丽的笑靥和乡村独特的风景

我们喜欢体验大自然的味道

也喜欢城市的灯火辉煌

喜欢干净文明的城市靓装

我们向往白云蓝天

从秦岭之巅的千年杜鹃

汲取不灭的挺拔坚韧

在岁月的沧桑中

寻觅崤函古道的深深车辙

在紫气东来的幸福祥和中

一起吟诵《道德经》这瑰丽的诗篇

我们用镜头，捕捉每一缕

阳光的温暖，黄河的涛声

我们用镜头，记录沿途的每一段风景

我们用镜头，记录人生的每一段旅程

我们，是一群肩负责任的摄影人

文明城市创建，我们是宣传员

更是志愿者、践行者和推动者

做文明人，讲文明话，办文明事

打造天蓝、地绿、水清的美丽城市

摄影人总走在时代最前沿

我们会为一只受害的白天鹅伤心落泪

奔走呼号

我们会为"天鹅之乡"的城市名片奔波操劳

韶华易逝，我们分秒必争

披星戴月，我们风雨兼程

我们是摄影人，让自豪

站成 360°的不同视角，用镁光灯

照亮黄河大坝，照亮黄金苹果

聚焦陕州地坑院，特写虢国车马坑

我们用勤奋和智慧去拍摄壮美画面

我们用自信和坚强去迎击惊涛骇浪

在万里黄河之上

挥动黄河湿地的葳蕤蓊郁

振奋天鹅之城的腾飞翅膀
我们用责任和担当为桨
追逐和超越更高的目标
捧出一幅幅五彩三门峡的恢宏画卷
大写新时代摄影人的追梦华章

在三门峡，以影像的名义赞美和述说

陆承

一

天地合辙，中原编纂，
一册存在或虚构的摄影集，
借喻了一条大河，撰述或咏叹。

在三门峡，爱和美，浸润了 10496 平方公里的
舞台。光影之风，拂过优美的家园，
春秋之云，俯览绮丽的山河。

夜幕降临，灯火温婉，
我翻阅上阳城或陕州的史册，
翻阅中华文明谱系的上游风雅，
纷繁之魅，拓印了古奥的注解，
典雅之墨，篆刻了浩然的气象。

晨光照耀，深邃显像，
中流砥柱的坚韧或品相，
象征了一个国度、一个民族的信念，
黄帝铸鼎原的拙雅和厚重，
监造了碑刻或史记，
仰韶文化的灯盏，
穿越了比时间还古老的修辞。

二

天人合一，仙境起舞，
一帧帧绚丽或沉静的画卷上，
神迹盎然，草木芬芳，
赋言了生态美学，田园哲学。

在三门峡，我目睹或见证双龙翩然，
臻美的滩涂或湖光，映射了绝妙的视角。
一孔镜头的镜面上，
涟漪战栗，芦苇摇曳，
一万只白天鹅，以仙子的譬喻，
祥瑞了一座城的庸常。

我追踪白天鹅的翱翔，
情致温婉，圣洁串缀，
一座城，因之而呈现

优美的乐章，丰沛的长卷，
一面湖，因之而倒映
华彩的锦绣，宁雅的画境。

我以峥嵘的记录，赞美澄明的湖面上，
无以替代的气韵，描摹茂密的林木上，
氤氲铺陈的格局，追忆典雅的城楼上，
神秘主义的小径，现代主义的风华。

三

关楼巍峨，峡谷苍茫，
一幅幅纪实或写意的挂幅，
点题往事，晕染故园，
在丰沛的谱系上，建构雄浑的映像殿堂。

在三门峡，我不得不歌咏函谷关，
以及与之相关的风物、典藏，
一册册线装书上，矗立的神像，
次第的建筑，儒雅的碑刻，
丰饶的雕饰，以各自的语言体系，
阐释或引领时代的进程。

沿着时间之河的河岸行走，
我将抵达虢国博物馆的尊崇或宽广，

以穿越的像素，
珍藏铜方彝、昶伯匜、阳燧的璀璨。

广袤的乡愁，以变幻的色彩，
敬奉一餐品鉴，味蕾上的行旅，
借助盛世的兴盛，壮丽的写生，
写下人民，写下幸福。

四

苍穹画幅，山川水墨，
一卷卷接通了神界和人间的图志，
云罶感叹，大鹏抒怀，
风光影像的册页上，
露珠晶莹，花蕊沁香。

在三门峡，我览阅娘娘山的风貌，
秦岭之东的旌旗，逶迤而辽远，
温润的底色上，百尺瀑挥洒诗意，
十八潭映照雅致，
彩虹谷保藏了世间的澄净和热爱。

日出山巅，日落峡谷，
我剪裁庸常的图像，在黄金分割点上，
布局一阕浩繁而精巧的演绎，

光晕覆照，意境深远，刹那或永恒的
快门上，车辙共鸣，音序宽广。

我练习热爱，练习虚无的技术，
在坚韧的脊背上，描绘童年的欢愉，
暮年的慈祥。在丰茂的枝叶上，
倒映飞鸟的羽翼，犬吠的方向，
抑或典雅的轮廓上，皴法的品格。

五

金像盛誉，典章天下，
一尊尊闪耀的奖杯背后，
摄影的荣光和浩瀚，
仿佛另一种意义的黄河，
澎湃言说，激情歌唱。

此刻，九百六十万平方公里上的相机
聚焦于此，朝圣之途，或镌刻之殿，
在三门峡的臂弯，舒缓呈现，
纪实摄影、艺术摄影和商业摄影的桂冠，
馈赠于发现美和凝筑美的灵魂。

我检阅"中国摄影家协会培训中心"的圭臬，
在楼宇和风景之间，

桌椅优雅，台阶简朴，
象牙塔的寓意，
慰藉了卑微的希冀和奔涌的潮流。

我继续述说，一座城，
因之影像，萃新为至高的星辰，
一种艺术，因之一座城，
敕造为璀璨的霓裳，
琴瑟了心中的祖国。

祝福

谢天民

献给你——摄影班全体学员最崇高的敬意
拥抱你——敞开的胸怀、洒脱的气质、伟岸的身躯
祝贺你——在这光荣与辉煌的教师节来临之际
感谢你——多年来在老干部大学立德树人，耕云播雨

你是辛勤的园丁
用心血和汗水浇灌千树绿、万花红
你是德艺双馨的摄影家
精品佳作获奖无数，人品高洁淡泊名利
你的学生遍布城乡，似繁星点点闪耀在影视天地

啊！敬爱的老师，春夏秋冬、日月交替
是你在摄影艺术的殿堂把我们召唤在一起，
解读数码相机的奥妙，揭示光影世界的神奇
你的课堂上总是人头攒动，座无虚席

听讲基础理论，我们质疑问难，刻苦努力

为什么想达到大景深的效果必须用小光圈？
怎样才能处理好藏与露、虚与实的关系？

啊！敬爱的老师，寒来暑往、斗转星移
是你为攀登艺术高峰甘做人梯，
教导我们以真为本、大胆实践、抱朴守拙、修身律己
外出采风实习，大家共同切磋，集思广益
你帮我调整光圈大小，控制快门速度
我为你设置前景后景，选择拍摄模式，缜密分析
在奋力前行的征途中燃烧自己，点亮火炬

为了心中的梦想
用行动努力践行社会主义核心价值观
用真情用色彩描绘美好时代，诠释家国情怀
增强文化自信，自觉为两个文明建设担当大义
为了梦想的实现
凝聚社会正能量，弘扬新时期主旋律
用完美的影像展示劳动模范、戍边卫士、巾帼风采
用广角的视野俯瞰家乡这多情的土地

我们拍过寺河山苹果，后地的枣
卢氏香菇，仰韶大杏，陕州黄梨
我们拍过道情皮影，捶草印花，百佛顶灯
黄河湿地的白天鹅，森林公园里的红腹锦鸡

我们拍过白衣战士驰援武汉逆行出征的威武
我们拍过大山深处扶贫基地鲜红的党旗
亚武山的朝霞映红了一张张笑脸
大峡谷的山山水水回响着我们赞美的诗句
甘棠苑里敬仰召公，为官清廉，勤政爱民
函谷关下邂逅老子，述东方智慧，论人生哲理
手挽手和老师一路走来，步履铿锵，风雨兼程
记住了你的叮嘱——摄影人要永远跟党走
坚定立场，坚持导向，把人民至上铭刻心底
肩并肩同学们一路走来，步调一致，风雨同舟
切身体会到一幅好照片背后的艰辛和执着
深深懂得了——不经风雨怎能见彩虹的美丽

你看，一个个英姿飒爽，列队整齐
那是集体组织去参加黄河文化旅游节
挎上心爱的相机像战士驰骋疆场，所向无敌
你听，一阵阵歌声袅袅，笑声朗朗
那是在采风归来的高铁车厢里
纵情欢唱祖国啊，我们永远热爱你

为实现两个一百年奋斗目标，神州大地擂响了战鼓
中华民族在伟大复兴的道路上创造了多少中国奇迹
黄河儿女龙腾虎跃是我们享不尽的创作源泉
习近平文艺思想指引着我们从胜利走向胜利

我们的镜头聚焦时代脉搏，讴歌生活的甜蜜
要去拍天鹅书苑的幽幽书香，大剧院的痴情戏迷
商务中心区逛街的情侣，道德模范的浩然正气
还要去丰收的田野、热闹的集市、沸腾的工地
拍中流砥柱的民族精神，黄河号子的龙吟千里
崤函古道的战马嘶鸣，工业园区的勃勃生机
为独具特色的乡村民宿开业剪彩
在农家小院听乡亲们夸赞驻村第一书记
站在刘少奇旧居重温入党誓词
走进地坑院景区听锣鼓书，看扬高戏，品十碗席
去美丽的涧河公园听嘱啾虫鸣、花蕊细语
去易地扶贫搬迁社区看新房、颂党恩、唱国歌、升国旗
在红二十五军军部旧址集结，重走长征路
在小南川抗日根据地纪念馆接受红色洗礼

我们还要
为百里黄河生态廊道建设添砖加瓦
为速达电动汽车驶出国门走向世界加油贺喜
让秦人码头的氤氲烟火为夜经济发展增光添彩
让东坡村的小火车插上翅膀为乡村振兴鸣笛加力

我们最向往的是建在家门口的中国摄影文化城
那是摄影人的快乐家园，永远的精神圣地
我们的三脚架始终扎在继往开来的时代前沿

闪光灯下永远闪现着矢志不渝、自强不息
摄影人要在共和国的年轮上刻下属于我们
自己的奋斗印记
看一轮红日正冉冉升起

在三门峡，我感受到了摄影艺术之美

（组诗）

叶江南

1

为了寻找一个更好的角度，他们登高山，爬高楼

和太阳一道升起，与日月完成了灵感的互换

用手中的相机，聚焦、定格，一个瞬间，就是完美的永恒

有时，为了捕捉更精彩的瞬间

守候、等待，把心交给时间，或飞翔，或贴近

心无杂念，只是为了让自己融入，融入自然，融入生命的

本真

举起相机的刹那，他们从不认为自己是摄影师

如果定位，他们更愿意承认自己是——美的发现者

细小的美，细微的美，细节的美

放大镜头，一点点地去观察，去捕捉

不能放过任何一闪而逝的璀璨画面，犹如诗人创作时

不敢忽略任何一次灵感突降的瞬间

也许，那就是孕育美的时刻，美——宛如火花

2

在三门峡，我感受到了摄影艺术之美。一幅幅照片
凝结着心血，是摄影师用心力，拍摄出来的画面
不论是纪实摄影、艺术摄影还是商业摄影——
无一不是用心完成的艺术创作，我们欣赏美，更要懂得
是谁
创造了美。给人以心灵之愉悦感受
我们心底需要感谢，感谢那些发现美的人
感谢那些为了给世界增色，给人间添彩的摄影师——以
掌声

我更喜欢这样的摄影照片——
没有人为的摆拍，没有刻意的摆设，也没有不道德的
为了拍摄而拍摄的动机
只是想与自然靠近，与生命的真谛接近
然后，自然地呈现，自然地拍摄，记录、跟拍
比起拍摄照片，摄影家更在乎内心的宁静
用宁静的心去发现永恒的美，用永恒的美去捕捉诗意的
镜头

3

跟进、追踪，我们看见的只是一张张照片

而摄影家为了艺术的创作，为了拍摄的完成，却

耗费了大半生，甚至一生的时间与精力

而拍摄到一张自己满意的照片，却又心花怒放，像个孩子

让事实在艺术世界彰显美的力量

纪实摄影：一架相机，记录了整个时代的波澜和变迁

历史是一幅恢宏的卷轴，而相机则是分段记录卷轴的华章

那精彩，是绵延的，是伸展的，是能够让人心神荡漾的

每一张照片，都是一个历史的瞬间

每一张照片，都能勾起无限的回忆

每一张照片，展览在橱窗里，就是往事的精彩再现

4

他们忠诚于自己对艺术的理解，忠诚于找回

生活的艺术之境。回到山川河流，寻觅一份幽静

回到春夏秋冬，寻觅四季的变换

回到夜色茫茫，星光闪耀，那是幕布上的钻石之光

亦是一种付出，然后调整

然后让简约的、唯美的色彩和构图

抵达一个人的心灵触动

艺术摄影：黑白、彩色，都是人间至纯的颜色
照相机背后的一双眼睛
是另一架照相机，取景，旋转焦距，定格
一丝不苟，专注，然后捕捉阳光在树叶上跳舞
然后看见闪电从天际，奔跑而来
人的孤独，在艺术的天空下，展现生灵的寂静

5

用心灵和人像碰撞，产生思想
于是，我看见人像摄影，范围在扩大，成为艺术的洪流
熄灭灯盏，点亮心灯
记录是一种永恒，生命的永恒
寻找艺术之境，那，隐秘的呼吸
寻找大地上微弱的声音，和生活最美的光亮
于是，那线条之美，那柔韧的曲线，那曲线中的玲珑
都在展示，阳光与阳光平行时的幸福

还有什么，比无声的美，更动人的表达？
在摄影艺术的世界里，我像一个纯净如露水的孩子
仰望着星空，仰望着画面里的世界
在三门峡，我感受到了摄影艺术之美——

那一颗颗爱美之心

那一个个为艺术献身的背影

在我眼前，是另一种，照片里的，永不磨灭的图像和永恒

天鹅心语——我爱摄影家

张东奇

小序

2019 年 11 月初，因参加一个学术研讨会来到三门峡，下榻于天鹅宾馆。会中，主办方安排我们参观了天鹅湖。湖中天鹅成群结队，百姿千态，高贵优雅，令我们惊喜连连，流连忘返；湖边岸上展示的摄影作品，记录了天鹅动静之中的美丽瞬间，更让人陶醉迷恋……借《天鹅心语》，表达对摄影家的崇敬和感谢之情。诗中描述，大多来自精彩图片。

是谁
把我美丽的倩影
定格在那一瞬间
惊鸿一瞥
柔情百媚
姿态优雅
天生高贵
流动着《天鹅湖》的音韵
翩翩之中舞动芭蕾：

湖水之中
信步悠闲
引颈高歌
你唱我和
鸟鸣脆声
天籁之音
或梳翎
或弄羽
或啄水
或嬉戏
抖动似白雪
飘动如轻云
凌波妙舞中
振翅向天空

我本爱情鸟
比翼双双飞
交颈数千年
万里来相随
山盟海誓倾心舞
绿水叠成婀娜影
白锦霓裳任剪裁
罩却冰心不染身：
并肩而立
水中缠绵

振翅翕张

夫唱妇随

暖阳之中

对颈热吻

轻歌曼舞

痴情也醉

晴空排云上

情爱写碧霄

彩色意浓

黑白纯真

缤纷装扮情切切

素雅之间唯真心

更有那多情的摄影家

把我们"PK"在一片荷塘里：

我们夫妻带着一群天鹅宝宝

看接天碧翠

映别样花红

在柴可夫斯基的音符里

我们是爱情的化身

我们是正义的象征

我们来自寒冷的西伯利亚

黄河臂弯吹动的暖风

成为我们南迁的家园：

这里是万里黄河第一坝的三门峡
这里因我们到来有了天鹅湖畔
这个城市也用"天鹅之城"来命名

作品即人品
摄影映初心
诸位爱天鹅
天鹅诉心语：
你们在天鹅湖留下我们永恒的靓影
那就让我们年年驻足天鹅湖边
奏一曲《天鹅湖》舞曲绵远流长
把美好的爱情故事永久传唱
把美好的爱情故事永久传唱
…………

用镜头说话

张红梅

一切美的事物，都不是孤立的
都需要被发现，被挖掘，被创造，被传播
这是一条秘密的通道，也是一部心灵密码史。

——

你和更多的你，架起长枪短炮
黎明还未降临，冷是一群窃贼
偷走你身上仅有的一点温热
你把身子拱起来，试着抱紧自己
耳朵里塞进的风，有尖利的牙齿
黑在黑里等待，那些毕毕剥剥的说话声
可以取暖，可以照明
没有比守护太阳更令人兴奋的事儿了
比起冷，你更不允许自己辜负人间美景
黄河之上的日出，是一场盛大的生命礼赞
神秘，玄幻，大气，炫目

镜头是一支笔，心是宣纸

线条，构图，铺排，渲染

兴之所至，你更喜欢把自己挂在镜头上

成为更随心所欲的笔

打开所有感官，藏匿形体

从另一个维度来认知世界

南山之顶，黄河像母亲的子宫

荡漾，温暖，安全

你崭新，柔软，眼神清亮

太阳每升高一寸，你就跟着升高一寸。

二

同样的地方，你去了几十次

同样的场景，你也拍了上百次

蒹葭苍苍，蒹葭萋萋，蒹葭采采

你喜欢这苍茫的意境，很中国，很诗意，很芬芳

把自己以一封信的形式，投递给黄昏

就像枕着一纸红笺，轻轻吟诵木心的《从前慢》

——黄河湿地公园，那群可爱的小精灵

更像是哲学家，从来处来，到去处去。

它们的眼睛里有黄河的清澈，它们的羽翼上有庄子的浪漫

它们的身姿里有老子的顺其自然，它们的飞翔里有仰韶的

古朴悠远

…………

它们静止，世界就静止

它们打开翅膀，世界就打开翅膀。

它们分开，是一阕小令

它们聚拢，是一支骑兵

因为它们，湿地有了灵魂

因为它们，镜头有了魔力

因为它们，三门峡这个小城有了贵气

美丽的天鹅之城啊，借你的眼睛

向世界发出邀请

三

你用镜头捕捉一切美好的事物

黄河公园的美景如画，街头巷尾的文明之花

崤函古道的悠久历史，春秋墓群的未解密码

古津渡口，一抹落霞，映着孤鹜的身影

黄河大桥，长虹卧波，讲述岁月的酸甜苦辣。

春来国色天香，白牡丹出尘脱俗

夏至和风送爽，万里荷塘摇动盛世美景

一夜芦苇白头，千军万马在秋的旷野，奔突冲杀

雪，封存了色彩，却按不下躁动的心跳

光影里的世界，是美术，更是诗歌

你用构图渲染这个世界的美

你用节奏回应时代的脉搏

你用色彩彰显个性的解读

你用留白阐释东方的审美
你的眼睛就是美的侦测器
你的身体里藏着一只豹子
敏感，多情，又身手敏捷
你见证着这个城市的变迁，并且习惯用镜头记录
你沉醉，在历史和时光交织的维度上
说出爱和迷恋

四

一个人的旅程，体力和耐力成为考验
那些在路上结盟的战友，有共同的目标
你们报团取暖，热爱和信念成为旗帜
每一次挑战都会发现新的天地。
你们有自己的武器和道具
借一枝花，携一缕光，把眼中的世界演绎得美轮美奂
春雨江南，油纸伞下的丁香姑娘
一剪背影，成为意境深处最美的绝唱。
鹭鸟是最有耐心的渔者，它娉婷于河畔
观察着周围的一切：要下雨了
无数擎起的小伞，绿汪汪的
水花落入池塘，像一尾鱼归于大海
你简直无法容忍自己视而不见，哪怕用手机
也要把美拍到极致，这是一个摄影人最大的幸福

五

你一直坚信：镜头下有社会万象。

山川河流，万物荣枯。鸟兽飞鱼，人生百态

瞬间也是永恒。沉醉是一种态势

模拟飞翔的鸟，给天空让出更多的蓝

星星和云，在瞳孔里结网

一些记忆被置换，黑白影像的方格

被渲染得五彩斑斓。你和许多个你，登高山，穿幽谷

涉险滩……镜头在你的手里幻化成一支笔

你有不竭的素材和旺盛的创作激情

风雨里的追逐，三脚架的等待

黑暗里的守望，梦想里的春暖花开

你是追光者，和日月星辰一起

寻觅那些让人怦然心动的刹那

听，咔嚓咔嚓的快门声，多像一支小夜曲

你和这个名曰三门峡的城市，是姐妹

亦是兄弟。你深耕着这个城市的美好愿景

像鸟儿一样，成为树的花朵

你把浓烈的爱熔铸在镜头里

把生命和这个城市融为一体

敬礼，可爱的摄影人

你开采的光，将让这个城市

成为一颗冉冉升起的新星

我骄傲，我是摄影人！

张中杰

从义马鸿庆寺早晨
到灵宝函谷关黄昏
从陕州空相寺夏日
到崤函古道初春
空间跨越，时光轮回
到处有忙碌的摄影人
黄河岸边每一道经纬
都留下我跋涉的足痕
我骄傲，我是摄影人

我是不知疲倦的摄影人
起早贪黑不言苦累
捕捉虢国博物馆镜头
我挽起裤腿
拍摄陕州地坑院我奋不顾身
金城星空我彻夜不寐
白天，我在仰韶村耕耘

拥抱我的是彩陶和白云

子夜时分，我陶醉卢氏山水

陪伴我的是满天星辰

我不怕烈日暴晒

也无惧大雨倾盆

摄影人精神难能可贵

我用忠实的镜头去追寻

像战士冲锋陷阵

拍到农民丰收开心的皱纹

就是颁发给我的最好的奖杯

我是风雨无阻的摄影人

奔波大街小巷每一个机位

我待劳动者如亲朋

为他们服务问心无愧

寻找最美渑池角度靠执着

如大禹治水，三过家门

拍摄沟通用技巧

像穿针引线，细致入微

我是巾帼，不输须眉

我是当代的铿锵玫瑰

我追逐效率湖滨

似高铁一样飞奔

用责任回报社会

群众满意的口碑

是我拍摄的最高标准

我是披坚执锐的摄影人
蹲点守候拍韶山日出
眼神如鹰隼
拍摄月光下的蛤蟆塔
用心，耐心，加细心
聚焦雪中翱翔的白天鹅
光与影的结合更沉稳
练就火眼金睛
拍出天鹅湖真善美

感恩自然和生活
风光旖旎的黄河南北
感激工作和家人
我们的坚强后盾
我感谢摄友
团结合作如鱼水情深
我珍惜摄影行业荣誉
拥抱与摄影结缘的机会

提升自身素质
八小时外书香里陶醉
提升工作水平
培训班上热烈争论

提升精神情趣
摄影比赛中夺魁
自立，自强，更自尊
清风正气满乾坤

天道酬勤
我们守正，鼓足干劲
提升拍摄质量
小康路上我们奋发有为
在每一寸山河留下烙印
聚焦脱贫攻坚健步如飞
不断创新是发展的灵魂

一滴水折射太阳光辉
我们是一支爱心团队
抗洪救灾镜头锁定扶危济贫
汶川地震瞄准见义勇为
上班途中我拾金不昧
下班之后又冲进公益群
周末，聋哑学校做义工
双休日，敬老院里去慰问
"五加二"和"白加黑"
见证了我们的敬业勤奋
天上星般的好人好事
阐释摄影人的奉献精神

清风欲来满眼翠

摄影情怀总是春

我骄傲，我是摄影人

新时期，战鼓擂

甘为摄影洒青春

我会用双手和智慧

宣传家乡三门峡

拍摄好黄河故事

奏出属于我们摄影人的

时代强音！

三门峡的约定

朱醚醚

朋友

泱泱中华，你知道有这么一个地方吗

她从秦岭山脉延伸而来

温暖的季风吹拂每个角落

我们的始祖，轩辕黄帝，曾在此铸鼎

老子曾在此留下名篇

仰韶文化，是那千载的根源

你要问这是哪儿

她的名字就叫三门峡

她是豫晋陕怀抱中一颗璀璨明珠

她是大禹留下的杰作

她是白天鹅眷恋的故乡

她是摄影爱好者向往的地方

提到摄影，我要和你谈谈心

谈谈我的所思所想

优秀摄影师，身上闪烁着文明的光芒

而且拥有扎实的基础，临危不乱

职业的操作，趋向完美

白平衡是那么确切

曝光量是那么精准

职业的道德，深深地恪守

不摆拍、不作假，没有好的内容，我就等待美好的瞬间

不用别人的作品套取名利

只用自己的真心感动观众

拍摄时身心纯粹，总能抓拍到好的瞬间

光彩熠熠，凝结的不仅是一般时空频率

这里有光与影的美妙交汇

这里有文明的土壤

看花开花谢，任云卷云舒

文明的种子，总能生根发芽，茁壮成长

具有文明的人，纵然平凡，但决不庸俗

文明是一种境界

文明是一种力量

既可成河岳或与大地同呼吸、长相守

又能气蒸云梦，逐日长扬

文明是一颗动人的爱心

文明是镜头下的馨香

文明摄影，是我们的职业道德

文明摄影，爱护脚下的一草一木

文明摄影，记录下每一个人真诚的笑容

文明摄影，留住头上每一片彩云

文明摄影，放飞心中每一丝善良

你看，世界那么美

河水悠悠，月光皎皎

朝阳暖暖，山岳巍巍

春天的桃花，灼灼其华

夏天的荷花，娇艳动人，带着诗意盛放

秋天的菊花，扮靓了霜晨

冬天的梅花，笑傲冰雪，痴迷了放翁

朋友

就让我们用文明的镜头

定格鲜花永恒的芬芳

就让我们用文明的镜头

陶醉在白天鹅自由的飞翔

就让我们用文明的镜头

拥抱每一天灿烂的阳光

全国摄影主题相声、小品、诗歌
原创作品大奖赛获奖名单

一等奖（3件）

《影联歌壮美　山水蔚文明》（相声）　　作者：曾正社
《拍客》（小品）　　　　　　　　　　　作者：马晓辉　杨书容
《黄河，在光圈上清唱》（诗歌）　　　　作者：张竹林

二等奖（9件）

《偷拍奇遇》（相声）　　　　　　　作者：耿建华
《我是为了艺术》（相声）　　　　　作者：刘刚
《婚礼彩排》（相声）　　　　　　　作者：孟宪行
《自拍控》（小品）　　　　　　　　作者：耿建华
《雪纷纷》（小品）　　　　　　　　作者：马营勋
《"鸟王"的婚事》（小品）　　　　作者：乔书明
《今天　您拍照了吗》（诗歌）　　　作者：南海江
《你，用光圈拓印爱的重量》（诗歌）作者：张彩虹

《光圈，在浪花上打坐》（诗歌）　　　作者：张宏超

三等奖 （18 件）

《摄影大师》（相声）　　　　　　　作者：罗志勇

《我热爱摄影》（相声）　　　　　　作者：张强

《特殊的摄影风波》（相声）　　　　作者：袁帅

《天鹅情》（相声）　　　　　　　　作者：王水宽

《拍客传奇》（相声）　　　　　　　作者：魏鹏

《摄影新星》（相声）　　　　　　　作者：石安辉

《拔心刺儿》（小品）　　　　　　　作者：黄阔登

《天外来客》（小品）　　　　　　　作者：李作昕

《摄影与楹联》（小品）　　　　　　作者：林国斌

《找熟人》（小品）　　　　　　　　作者：乔聚坤

《文明摄影你我他》（小品）　　　　作者：王英凤

《全家福》（小品）　　　　　　　　作者：张中杰

《我听到镜头里大黄河的喧响（组诗）》（诗歌）

　　　　　　　　　　　　　　　　作者：韩东林

《当我举起照相机》（诗歌）　　　　作者：刘巧

《中国摄影艺术节——艺术之春（组诗）》（诗歌）

　　　　　　　　　　　　　　　　作者：刘艳丽

《三门峡，我再一次为你按下快门》（诗歌）

　　　　　　　　　　　　　　　　作者：薛涛　薛梦鸽

《请来拍我》（诗歌）　　　　　　　作者：张洁方

《光，镀金的影》（诗歌）　　　　　作者：周佳灵

优秀奖（10件）

《三门披锦绣》（诗歌）　　　　　　　作者：黄云光

《闪烁的流年》（诗歌）　　　　　　　作者：李群懿

《我们是摄影人》（诗歌）　　　　　　作者：屈松林

《在三门峡，以影像的名义赞美和述说》（诗歌）

　　　　　　　　　　　　　　　　　作者：陆承

《祝福》（诗歌）　　　　　　　　　　作者：谢天民

《在三门峡，我感受到了摄影艺术之美（组诗）》（诗歌）

　　　　　　　　　　　　　　　　　作者：叶江南

《天鹅心语——我爱摄影家》（诗歌）　作者：张东奇

《用镜头说话》（诗歌）　　　　　　　作者：张红梅

《我骄傲，我是摄影人!》（诗歌）　　作者：张中杰

《三门峡的约定》（诗歌）　　　　　　作者：朱飚飚

下卷

黄河九省楹联大赛获奖作品

主办单位：三门峡市文联
　　　　　三门峡日报社
承办单位：中国楹联学会对联文化研究院
　　　　　河南省楹联学会
　　　　　三门峡市楹联学会

一等奖

挟万斛黄沙盘九曲，卷风涛，响雷鸣，如放苍龙趋大海；
分一湖碧水到三门，萦烟浦，围云屿，长邀白鹄住芳洲。

孙付斗（河南商丘）

大坝裁春，浪底涌春，黄河万里化成碧；
船夫号子，羊皮筏子，故事千年说到今。

杨新立（山西永济）

二等奖

黄河入海口

是英雄辈出之乡，更油海泱泱，合添齐鲁四时美；
有土地再生之誉，引天鹅攘攘，激赏黄蓝一线分。

王世侠（山东淄博）

题壶口瀑布

浪泻雷霆，啸月吟风，坦荡千秋犹善下；
势如龙虎，喷烟吐雾，恢宏一梦总朝东。

邢伟川① （河北曲阳）

---

① 作者生于四川，符合赛事规定。

善政励人，孜孜不倦，痴于生态追于梦；

黄河约我，耿耿殚精，绿了青山醉了心。

王洁（山西运城）

题三门峡天鹅湖

清水黄河，看波翻浪涌，一岸双龙聚；

高风古邑，思春去冬回，三湖万羽飞。

路辉（河南三门峡）

历九曲而穿九省，漫卷狂涛，不移远志；

纳千川以润千畴，四时物稔，两岸歌飞。

王月芳（山东威海）

三等奖

黄河生态治理

激其浊，扬其清，但引沧流滋沃野；

还以林，植以草，长教绿链锁黄龙。

刘葆华（山东聊城）

采黄河几朵浪花，编排几道光环，圆成绮梦；

聚壶口一声呼啸，喷薄一腔情愫，唱响中华。

张荣安（河南南召）

题黄河龙门

想鳞甲纷披，有豪情涌动，锦鲤凌空期变化；

看浪涛翻滚，宛热血贲张，巨龙挥爪正腾飞！

宋艳鸽（河南平顶山）

十万里烟波道远，河汉解通。叹清出昆仑，浊奔迢邈，历原荒垦乱，九曲百弯。绝塞险关，危岩断岸。生养就，性高狂傲，气满雄豪。无挫其神，难磨尔势。惯常见，敝衣垢面，蹈火走雷，总归澎湃卷洪涛，自古奈何沧海去；

数千年爱恨情深，文明成化。喜诗张华夏，采耀地天。想图现书呈，五经八卦。韶音丝路，禹斧龙门。只赢得，骚赋鸿蒙，风开郁茂。共尊砥柱，合唱乐章。更装点，绣带青衫，芳颜秀目，但待碧澄歌盛世，于今幸矣圣人来！

张明学（河南三门峡）

凭壶口瀑布咏黄河

横跨东西，过三门九省风涛，奔来渤海；

不分昼夜，问万古几多兴替，收入斯壶。

杨振生（山西运城）

题黄河

矫矫出昆仑，九省通潮，尚有龙门供鲤跃；

汤汤流日夜，无私润物，喜看雁渚引鸥飞。

马瑞新（山东龙口）

淘汰泥沙，浚泄涝洪，浊浪澄清消泛滥；

沟渠灌溉，溪河润泽，激流浩荡汇汪洋。

杨旭东（四川成都）

潼关

扼通衢不负名关，频听鼙鼓惊天起；

临水岸犹称古渡，惯看轻舟驭浪行。

余增羽（河南南召）

优秀奖

壶口瀑布

卷风雷直下，震撼九天，欲舒千古难平气；

击雪雾横飞，嘶鸣万里，岂是一壶可缚身？

薛英（四川金堂）

问化熊神禹，饮马楚庄，华夏风涛何处烈；

当撑筏而沿①，吟诗以溯②，炎黄血脉我心流。

陈宝林（甘肃定西）

银川

秀色媲江南，且看霞渡云飞，一颗明珠镶塞上；

---

① 沿，为顺流而下。
② 溯，逆流而上。

长河饶画意，自可放怀驰马，千重美景入心头。

杨怀胜（山西应县）

漉水而出雪岳，淘沙而化田畴，浩荡贯九州，直以母仪兴血脉；

奔来兮起大观，啸去兮续长史，曲折归千里，更凭龙势御风雷。

鲁磊（山东威海）

源开万古冰川，破岭穿云，九曲不移其志，千里终成其魄；

泽溉亿年沃土，怀仁布德，流长乃许有情，脉宽更以有容。

刘成卓（山东烟台）

黄河纤夫

吼一声地动天惊，抒怀希冀躬身影；

迈几步日新月异，逐梦复兴挺脊梁。

查卫东（山东青岛）

五千里朝宗大海，龙族摇篮，神州血脉；

九曲湾系梦丹心，无前气概，上善襟怀。

李大成（山西定襄）

壶口瀑布

澡我龙魂，一壶煮沸昆仑雪；

迷人虎气，千叠歌追渤海潮。

何保锋（河南潢川）

题黄河内蒙古段

绕阴山尾，滋大草原，莅临牧场牛羊壮；

环敕勒川，润东河套，光顾沙洲鲫鲤肥。

赵臣（内蒙古呼和浩特）

有龙气概，作水文章，九曲黄河扬碧浪；

弘禹精神，谋民幸福，千秋大业享安澜。

吕传福（山东嘉祥）

滚滚呈大吕声，天际奔来，归于浩渺；

绵绵乃中华脉，史篇淌过，淘尽英雄。

吴月英（山西朔州）

九曲长河，起势黄龙思饮海；

三门砥柱，立身白浪正擎天。

尚洪涛（河南郑州）

凭吊韩城司马祠联

足踩石阶萌敬意，美也韩城，伟哉《史记》；

目凝古柏动惋情，鸿鹄壮志，冰雪余生。

薛芳（陕西大荔）

源出高原奔大海，凭历代经营，变害而为益，迷人最是三门月；

势凌霄汉毓文明，乃连心纽带，居西或住东，入梦犹闻九曲潮。

翟红本（河南鲁山）

题鹳雀楼

敛白日光芒，历铁马金戈，几多骚客登临后；

纳黄河气势，沐唐风宋雨，无数诗篇啸傲中。

刘玉岭（山东菏泽）

浩浩下昆仑，九曲不移通海志；

孜孜开禹甸，万年未改济民心。

张志鹏（山东德州）

大河波早澄，襟抱群山，不因九曲迷方向；

春水日初升，流经万里，长唤百川壮海潮。

赵秀敏①（广东深圳）

---

① 作者生于内蒙古，符合赛事规定。

流澜说故事，犹闻万里龙吟，九州狮吼；

向岸唱夕烟，且看三门坝锁，千丈浪收。

王进良（陕西西安）

始于青海，融于渤海，任百折千回，矢志长追中国梦；

治理为民，护理利民，泽千秋百族，豪情永壮大河魂。

蔡哲（陕西宝鸡）

黄河灯

黄河九曲，香烟袅袅，灯阵悠悠，龙飞凤舞乾坤月；

青海千秋，碧水绵绵，花枝灼灼，星转幡飘华夏风。

张继和（青海西宁）

题宝轮寺塔

三圣迹存，风雨侵砖塔，古陕沧桑犹见证；

四时蛙叹，浪涛诵法音，盛唐记忆尚回声。

张梅（河南三门峡）

长垣黄河国家水利风景区

四堤染翠深，听百鸟嘤鸣，似诉说长垣故事；

双水抱城阔，连九湖旖旎，好润滋上善新蒲。

侯广安（山西河津）

滚滚自天来，大浪淘沙，九曲黄河归碧海；

巍巍拔地起，中流砥柱，千秋赤子济苍生。

方冬玲（河南信阳）

黄河第一桥

两山对峙，一水中分，天堑通途凭铁骨；

四季繁忙，百年挺立，地标胜景傲金城。

匡晖（甘肃兰州）

壶口瀑布

漫分秦晋，争战古今，万里横流喧鼓角；

平地惊雷，危崖卷雪，千年胜势壮山河。

潘可玉（陕西宝鸡）

数千年百折不回，梦破群山，心驰大海；

几万里孤怀长在，名归青史，福佑苍生。

吴岱宝（陕西宝鸡）

题黄河石林

黄河无意设关，沟壑纵横，危岩隔水涛声断；

鬼斧有心塑像，风沙雕琢，石柱参天尘世惊。

贺永粹（甘肃白银）

函谷关东寨观黄河

一万里黄涛尤怒，势聚三门，闹海缘期新砥柱；

五千年青史为开，澜安九域，吊民来认老甘棠。

赵景谋（河南灵宝）

听黄河故事，赏湖面天鹅，翩翩起舞何其美；

续赤县新篇，汲源头活水，缓缓滋心分外甜。

史敦翔（河南光山）

提名奖

聚力凝心，除浊护绿，全民动手长河靓；

融谋蘸智，筑坝截流，举国攻坚美梦圆。

杨玉汉（山东曹县）

滚滚黄河，穿九省，越三门，哺育中华大地；

滔滔巨浪，纳千川，妆五岳，润泽沃野桑田。

扈金海（山东临清）

雪化天山，水阻四方淤泽国；

禹挥玉斧，山开一面泻龙门。

段巨海（山西太原）

东去长流滚滚，陶融一路英雄意志；
西经峻岭茫茫，演绎千秋岁月沧桑。

冷濯江（山东烟台）

从卡日曲来渤海湾，磅礴驱驰腾一马；
誉母亲河蕴发祥地，炎黄血气烈千秋。

魏玉秋（山东临清）

汇九省人文，继往开来方赋母；
孕千年梦想，流长积厚始炎黄。

刘瑞河（山东青岛）

黄帝故乡，文字起源，大海胸怀十万里；
长城脚下，母亲屏障，中华上下五千年。

井文军（陕西蒲城）

七十年河水安澜，民宁国泰；
一万里蛟龙入海，石破天惊。

黄纯南（陕西西安）

陕西沿黄公路

座座峰峦蝶舞坡头芳草绿；
粼粼水面燕飞岸上杏花红。

孙树明（陕西大荔）

泻玉飞珠，万里黄河龙气象；

裕民圆梦，千秋鸿业水文章。

曾正社（陕西渭南）

黄河气概

借九域风光，慈母披肩担大任；

展高原气势，黄河入海作中流。

蒋春喜（四川蓬溪）

率性奔流，九曲万里情牵海；

唯华滋润，万古九州爱育民。

和西典（山东新泰）

一万里长河，九曲蜿蜒，华夏图腾凝万众；

五千年故国，百族砥砺，炎黄血脉旺千家。

宋建平（陕西铜川）

百川之首，始自洪荒，炎黄之母；

四渎之宗，恒如日月，华夏之魂。

裴元明（山西汾阳）

观九曲浪花，九省联花，争妍斗魅，万朵高生连九宇；

载三春桃汛，三冬凌汛，化险为奇，四时惊艳壮三门。

吴爱芹（山东济宁）

节水莫轻瞧，若母亲贫血，危机将至；
治污须重视，让生态回春，骏业长兴。

邵运德（山西运城）

还林还草，固土固沙，母亲乳汁焉沾垢；
依法依规，治污治乱，生态画屏更醉心。

马淑芳（山西运城）

千秋典古，一斧劈开龙摆阵；
万里云空，五桥飞架势惊人。

袁民志（山西运城）

看长河浩瀚，烈马狂涛腾巨浪；
忆大漠孤烟，夕阳古渡荡飞舟。

张万鹏（甘肃镇原）

九曲泽华厦；
一河哺炎黄。

史钧生（陕西宝鸡）

浩荡振龙魂，映日辉星，九曲千里；
奔腾开画卷，翔龙翥凤，一脉万年。

刘养启（陕西西安）

昔日流悲，是儿女泪、家国恨；

今朝溢笑，因庶黎福、砥柱情。

朱德才（陕西渭南）

吮雪山乳汁，涌时代洪流，奋力奔腾三万里；

孕华夏文明，慨英雄壮举，倾情吟唱五千年。

柴运跃（河南南召）

题小浪底水库

大坝锁黄龙，中原一拭辛酸泪；

青山环绿水，小浪长吟幸福诗。

闫安生（山西新绛）

壶口瀑布

浊浪滔天舞，三军对垒；

惊涛拍岸歌，万马奔腾。

王润东（山西闻喜）

闻道观水

白塔云中叹江山千古荣辱；

黄河浪里听岁月百年是非。

肖全刚（甘肃兰州）

北斗导航华夏山河翠；

东风拂梦黄河岁月红。

梁兴（四川成都）

展九曲风度，昼夜星驰，挟江流以焕人文，至臻上善；

奏千古华章，通衢若履，坚勇毅而扶地脉，山止川行。

张卫东（河南信阳）

喜看九曲长河，有龙门在望，有屋山在望，极目穷思，紫气萦纡，于深壑峻岭之内，尽瞻禹帝；

静赏三峡浪底，或溺水成仙，或立柱成仙，探幽索隐，苍峦壮丽，具恤民救难之心，便是尊神。

张时精（山西闻喜）

风熏涛浪，日暖良田，青山绿水一河美；

韵染民情，心飞梦想，壮志宏图九省新。

李广禄（河南安阳）

三门峡水利枢纽

乾坤砥柱，华夏摇篮，千秋更著三门壮；

电力恒持，天工保障，一坝横催两岸春。

潘可玉（陕西宝鸡）

壶口磅礴，溟蒙岚雾，天河咏叹御倭曲；
高坡秦吼，黄水谣歌，万众激扬久战晴。

牛新建（陕西宝鸡）

浪遏三门，千载天功追大禹；
流通九省，一河母乳富中华。

文振西（山西闻喜）

一脉黄河，把摇篮曲文化风融于千郡；
八方春雨，将生态图富裕梦洒向九州。

王广星（山东济宁）

落九天，穿九省，九十九道弯中龙飞鲤跃；
分千脉，灌千园，千又千年时段凤翥鸾翔。

闫本亮（河南项城）

以水治沙，退耕还草，九州呈新貌；
争分夺秒，源远流长，千里共婵娟。

庞洪锋（山东聊城）

千年华夏子孙黄河哺育；
百代炎黄文化岱岳振兴。

赵子月（山东东营）

水如嫘祖乳汁哺育千年华夏裔；

河似龙人血脉滋延万代子孙根。

李景霜（内蒙古呼伦贝尔）

咆哮之声，恰催烈士树功业；

缠绵之态，规劝黎民拾麦田。

张永选（甘肃靖远）

浊浪皆因黄土染；

清流方见士心澄。

杨春坡（河南唐河）

曾记哀鸿遍野，枉自叹长河落日；

最感晴川如画，唯不见大漠孤烟。

张丙辰（河南焦作）

堵岂成功？砥柱为谁？龙门一斧千秋颂；

退而还草，九曲植木，两岸青衣百姓荣。

王华（四川泸州）

大地龙行，养育龙人，砥柱三门红尽染；

长歌浪卷，奔腾浪韵，排空九曲绿重围。

范荣（山西忻州）

直下昆仑，千古黄龙驰沃土；
回望华夏，一河青史载轩辕。

宋道卓（河南南召）

行到山东，有九曲回肠故事；
生关华夏，是千秋伟业源头。

王艺（四川成都）

不畏千重阻，经九省以迂回，终归大海；
频掀九曲潮，逐千帆而浩荡，再振中华。

吴继强（河南光山）

保土固沙，莫让长水一时浊；
造林种草，永教大河四季清。

张忠明（陕西咸阳）

气腾白日三千丈；
名列神州第一河。

薛启发（山西襄汾）

水从天上来，教九曲欢歌、千秋孺慕；
爱向人间洒，为生民立命、大国铸魂。

杨剑（山东济宁）

黄河九曲，波澜滚滚归沧海；
华夏千秋，英史绵绵傲世林。

段松宝（河南偃师）

文明肇始，三万里长河辉映；
爝火承传，五千年赤县鼎新。

祁牧多（内蒙古呼和浩特）

黄河文化旅游节·中国特色商品博览交易会召开志庆
黄河水，天上来，增九省颜华，育九州风物；
嘉会宾，峡边聚，抒万家鸿志，观万里波涛。

林鑫（四川成都）

斯水天上来，故事造山岳平原，传奇化苍生土木，胸怀宽广砥尧舜；
奔腾东海去，精神励帝王将相，梦魄寄魏阙阎浮，世道兴衰翻古今。

秦东峰（陕西旬邑）

龙帆远棹，长河同黄土飞歌，疑乎大化；
雪域开源，大地与碧波着墨，可是长春？

林玉新（河南南阳）

三门峡

千秋绿梦，一颗明珠，为功久久三门志；
九域丰碑，中流砥柱，在念拳拳大禹魂。

李来栓（河南三门峡）

蕴千载文明，挺华夏脊梁，光辉万代；
融百族血脉，展母亲气度，泽润八方。

蔡哲（陕西宝鸡）

黄河九曲龙衔海；
绿野千重稷漫川。

李振（山东滕州）

禹王治水，九夏安澜，喜润民心臻上善；
龙门跃鲤，千帆逐梦，更凭砥柱立中流。

吴德秀（河南信阳）

源出昆仑，九省回肠，奔流华夏文明史；
气冲星汉，千秋衍脉，澎湃英雄儿女情。

姜美玲（山东烟台）

龙卧中原，天下粮仓张大业；
水奔东海，人间梦境贯神州。

陈世学（河南信阳）

万里长龙，几字弓身腾跃起；

一滩群鹤，口前舞步漫延行。

王国仲（山东威海）

一水朝东，纵万叠青山，难遮前路；

千秋流韵，与九州赤子，共奏凯歌。

苏振学（山东淄博）

九曲黄河，滚滚来，龙腾九夏；

三贤大禹，匆匆去，斧凿三门。

范振亚（陕西兴平）

天河九派流，六合尘埃皆洗尽；

云水千年怒，一龙风骨正催开。

解连德（山东龙口）

大地为凭，黄河走过千年史，殷墟永记；

人民是证，厚土植成万世德，浩气长存。

康双成（河南修武）

千秋一恒志，永担哺育中华使命；

九曲十八弯，不改奔腾大海初心。

常有（内蒙古乌兰察布）

黄河精神

有九曲襟怀，自天上来，若心肠宛转，鲤跃龙门，清浊古今同浩荡；

瞻千秋气象，于胸中涌，犹血脉贲张，车飞壶口，英雄儿女共昂扬。

尚洪涛（河南郑州）

通透古今皆逸兴；
贯穿上下是豪情。

薄子刚（山东五莲）

黄河滋两岸，让旱地催红，荒山吐绿；
大坝固千秋，看平川焕彩，故国生辉。

廉宗颜（山西运城）

白塔千寻红日里；
黄河万里翠山中。

丁广铭（甘肃兰州）

蛟龙腾九曲，衔山迎月千秋画；
鹳雀鸣三省，披锦沐霞万卷诗。

王醒民（山西闻喜）

聊城王铺引黄渡漕

河上架河，滋润京津鲁冀；

水中流水，唤醒粮果棉蔬。

罗志勇（山东聊城）

中流砥柱

浊浪塑姿，浩浩精神称砥柱；

疾风炼志，铮铮筋骨壮中华。

郭永和（河南三门峡）

鹳雀登云，看黄河滚滚，秦岭茫茫，两地同心追大梦；

铁牛伏岸，将盛世诵吟，小康皴染，九州携手奔新程。

田金山（山西闻喜）

黄为本色，喜怒赋龙颜，敢有鱼鳖闲作浪；

情定东方，胸襟同海洋，共襄日月不回潮。

王旭（山东鱼台）

天下黄河，九曲回肠，浩荡终归千里海；

中原文化，三门成峡，奔腾自作一条龙。

沈进华（河南漯河）

越关山十万重，浩浩其声，汤汤其势；
孕华夏五千载，源源无止，脉脉无穷。

刘葆华（山东聊城）

三江圣水，滋润九州沃土；
九曲黄河，惠施三亿黎民。

吴有生（青海西宁）

排千嶂跃龙门，气势恢宏，天开浩荡；
纳百川兴国运，胸怀宽广，谁识风流？

赵理真（青海西宁）

揽云天星宿，银河望断西东，引出古今豪杰；
经尘世沧桑，乳汁润滋南北，育成华夏文明。

李钦渊（青海西宁）

出雪域昆仑，挟电持雷，裂岸穿山开九曲；
奔云乡大海，回肠荡气，拓川造地破三门。

杨俊义（青海西宁）

海中明月蓬莱近，明月傍天阔；
天下黄河贵德清，黄河入海流。

令成智（青海西宁）

岁月沧桑，磨炼艰辛，一世终归黄祖；
波澜壮阔，历经坎坷，三门再作圣河。

李金梅（青海西宁）

造福神州，肥甘大地，雪域三江源水塔；
思亲大泽，浩荡长天，黄河九域泽人寰。

张世旭（青海西宁）

影动云乡，北望千峰归大海；
波生雪岭，东流九曲舞中原。

任正文（青海西宁）

源涵雪域，九曲盘流，龙羊驯野性，沐塞上江南，贵德清
澄。洗涤高原，富沃银川，丰饶豫鲁诸途。一路忘情归大海；
宇授皇图，千都影隐，女祖赐神州，滋河东撒拉，民和惠
裕。沧桑玉阙，划疆汉楚，美丽江山迭代。今朝有托载天心。

马文旭（青海西宁）

青海苍苍，日月纵横呈壮阔；
黄河滚滚，蛟龙缱绻有雄风。

殷红其（青海西宁）

看古道无垠梦；
听长河浩荡声。

付贵宁（青海西宁）

三江域外，九曲黄河祈国泰；
五岳祇尊，四方沃土育苍生。

程连元（青海西宁）

骏马驰江源，破浪飞涛潮渤海；
苍龙舞雪域，腾云起雨绿桑田。

王正亮（青海西宁）

天水出昆仑，情留九域滋华夏；
惊涛呼浩海，韵醉千秋唱古今。

景生寿（青海西宁）

李家峡水电站

重峦叠嶂，空山古寺黄河醉；
深涧湍流，拱坝奇峰碧浪吟。

王明忠（青海西宁）

黄河九曲，母亲舐犊滋儿女；
华夏千秋，赤子耕田驭马龙。

马明晓（青海海南州）

咏黄河流域生态

天际横流，润茂东方田野；

云端漫落，滋丰故国园林。

赵春恩（青海西宁）

黄河源雪域，绿圃长川瞻禹迹；

赤壤沃高原，青山瀚水赞神州。

杨发财（青海西宁）

咏天下黄河第一峡（官仓峡）

草色苍崖第一，云生此处高悬影；

松声绝峡无双，水出天边直落花。

王国秀（青海西宁）

千秋留记忆，犹闻泣血哀鸿，纤夫号子；

万里竞腾飞，且看游龙壮气，铁坝烟波。

王进良（陕西西安）

黄为华裔色，任海角天涯，胸前总烙中国印；

河展母亲怀，挽九域百族，心底永存大地情。

党艳萍（陕西宝鸡）

盛世焕颜，一万里黄河开画面；

中华追梦，五千年文化溯源头。

苏纪利（甘肃酒泉）

黄河大铁牛

铁骨志沧桑，千余年物是物非，青眼犹堪观赤县；

柔情关社稷，九万里民忧民乐，此心能不系苍生？

杨怀胜（山西应县）

绿了黄，黄了绿，奇葩绽放香盈地；

今而古，古而今，乳汁滋融福满天。

李夏源（山西原平）

五彩三门峡

四千岁政闻草野，名载江河，分洪赖禹王，挥斧独能通利济；

五彩风民乐小康，世歌大有，戮力看尧舜，奋鞭更自骋崤函。

何战军（河南灵宝）

壶口瀑布

青山聭耳束千仞；

沧海归心醉一壶。

赵景谋（河南灵宝）

黄河岸鹳雀楼

穷目云山吞白日；

衔鱼鹳雀立黄流。

亢健强（河南灵宝）

八千里奔来，九曲飞腾，流到关前成一折；

数万年逝去，重开襟抱，道同天下济群黎。

彭艳梅（河南灵宝）

天外奔来，浊浪劈山，腾至雄关藏激烈；

胸中浩荡，紫云堆岸，矗成砥柱壮襟怀。

赵胜卫（河南灵宝）

浊浪滔天，泥沙淤野，黄河几没古村落；

竹风送雅，荷叶留清，碧水千呈新画图。

刘静（河南灵宝）

黄河入函关

九曲黄沙，浪淘万里；

一关紫气，雄霸千年。

王生辉（河南灵宝）

晋陕豫黄河金三角

出汾渭以骋三门，轩辕铸鼎，尧舜禹帝都，华夏文明发祥地；

襟崤函尤连四邑，水陆通衢，豫晋秦重镇，毗邻合作擘新图。

任尚锋（河南灵宝）

气势逐鸿鹏，涛声尽唱神龙史；
浪沙淘禹迹，风雨尤彰华夏魂。

周玉梅（河南灵宝）

黄河叠浪，染绿山川，摧醒九省三农梦；
锦鲤争锋，映红赤县，铺满五洲七彩霞。

高喜堂（山西河津）

一万里奔腾，九省常追中国梦；
数千年浩荡，万民永铸母亲魂。

贺黎有（山西河津）

承禹王志，沐盛世风，聚力耕耘中国梦；
举生态旗，歌黄河志，凝心播撒小康春。

刘将合（山西河津）

党领小康路，绿岳飞虹雄万里；
民书生态诗，黄河筑梦壮千秋。

吴爱菊（山西河津）

耕耘万里黄河，重塑生机气象；
追逐千年梦想，再扬大禹精神。

邢满果（山西河津）

继愚公志，填海移山，且看太岳千里秀；
续大禹篇，扬帆击浪，誓叫黄河四时春。

白俊杰（山西河津）

秉大禹精神，黄河溢彩，一卷蓝图舒锦绣；
圆康庄梦想，俊业飞虹，三农宏志铸丰碑。

张荣志（山西河津）

点赞母亲河，把九省描红，欣看龙门腾富浪；
聚焦华夏族，将三农扮靓，喜听壶口响惊雷。

周万家（山西河津）

滨州黄河楼

天水九弯，连日月之神韵；
齐烟一点，聚乾坤之丽光。

宋来喜（山东滨州）

坝起河安，万里黄龙终俯首；
民丰物阜，九州黎庶尽开颜。

焦玉海（内蒙古锡林浩特）

一脉魂牵，昂首向东，宏开气象五千里；
三门鼎立，扬帆皴笔，再绘锦图九万张。

王洁（山西运城）

中华大脉，称作母亲，刚柔相济不服老；
世界名河，裹夹杂物，弯曲并存能忍翁。

雷正元（山西闻喜）

民族魂

马在嘶，涛鸣鼓，民族存亡唤起千钧力；
风正吼，岸奏弦，黄河呼啸铸成万众魂。

毛利民（河南洛阳）

梦抱中华，浩浩一龙腾万载；
形同北斗，滔滔九曲过三门。

邓锋（河南光山）

穿九省，闯三门，璀璨文明史；
历千难，经万险，激昂岁月歌。

王长城（河南三门峡）

千万里奔流，汇成赤县新风景；
七十年奋斗，办好黄河大事情。

胥亚军（陕西西安）

淌玉流金，九曲碧涛滋国脉；

撑天立地，千秋砥柱鼎中华。

何刚雷（山西平陆）

奔腾万里，九曲波滔天上水；

屹立千秋，一壶收尽海中魂。

金维明（河南宝丰）

小浪底水利枢纽

万里洪涛上，高峡出平湖，锁住黄河，滤清浊浪，福造千
行百业；

九弯水网中，明珠镶阆苑，拓开绿地，润护良田，祥均四
海三江。

吴凤秦（河南南阳）

郑州黄河特大桥

万丈巨龙，华夏族标杆，在此横空出世；

六排大道，母亲河彩带，于今寰宇称奇。

张秉才（山西原平）

山相抱，水相连，九省田园情一脉；

政更通，风更顺，两肩使命德千秋。

李轩才（山西原平）

黄河惠泽中华，织锦绣，玉润江山万里；

九曲汇流天际，盈琼浆，奠基华夏文明。

曹雄（甘肃兰州）

凭黄河水道，玉泻珠流，生态多娇皆入画；

借盛世春风，催红播绿，人文独秀尽成诗。

梁文清（山西新绛）

赞黄河源

涓涓水满黄河远；

浩浩云深万里流。

党升元（青海西宁）

蜿蜒经九省，图腾气势；

澎湃跨三门，壮美精神。

何贵富（青海西宁）

源于雪山麓，曾黄瀑流悬，九曲浪卷，滚滚千年常泛滥；

汇入渤海湾，今碧波水晏，一带湖平，汤汤万里永宁安。

张梅（河南三门峡）

两楹倾墨舞，九省风云罗眼底；

一水自天来，兆民忧乐涌心头。

於德经（山东微山）

千秋砥砺，两岸峥嵘，平添华夏烟云景；

九域鼎新，一河追梦，大谱中原时代篇。

安殿轩（山东金乡）

邙山炎黄始祖像

二帝并肩，引得游人瞻仰久；

一河纬地，唤来快艇跃飞高。

张识（河南太康）

千畴绿野萦眸，芳草欲迷，谁踏清波逐梦；

九曲黄河化碧，春风依旧，我吟雅韵抒怀。

田丽静（河南漯河）

大治安澜，家国哺滋，载史歌之龙气度；

宏描生态，根魂培固，欣今壮我骏精神。

陈金珍（河南潢川）

冠如秀发，干似健躯，大树迎风更比汴京画；

缘系红花，情为碧草，河工织梦相约大禹神。

李仁周（陕西宝鸡）

壶口瀑布

劈崇山峻岭，轰鸣声壮国人志；

驾骇浪惊涛，澎湃势腾华夏龙。

刘金录（河南南召）

欣逢盛世，驾浪驭波，亿民做主驱河伯；

喜展宏图，裁春逐梦，九曲飞歌赞禹王。

李青旺（河南南召）

黄河治理

德水自天来，能造福方能称德；

河防从古始，善安邦必善治河。

廖永炳（河南南召）

野性十分，波涛汹涌，任一意孤行，曾为害四方黎首；

温情万种，气势磅礴，经多方兼治，更造福两岸苍生。

卞广军（河南南召）

鹳雀楼

悠悠千载，独伫烟津，静览天流观世变；

灼灼一吟，谁携梦笔，欲穷极目上层楼。

余增羽（河南南召）

冯夷勾画，大禹劈山，黄河故事振豪气；

领袖倾心，全民治水，华夏摇篮靓俊容。

王玉科（河南南召）

龙门瀑舞诗千首；
壶口虹飞画万幅。

尹延发（河南南召）

五千年文化传承，盛世喜圆中国梦；
三万里风光旖旎，龙人最爱母亲河。

李成林（河南南召）

一万里大河滚滚，吞星衔月；
五千年文化悠悠，耀古烁今。

廉敬利（河南南召）

奔万里，纳千流，不辜青海；
出五泉，哺九省，无愧母亲。

杨立军（河南南召）

黄河滋九省，潮卷春风扬古韵；
文化越千年，歌吟盛世唱新声。

许相德（河南南召）

奔腾万里，一路高歌，两岸春风吟国梦；
砥砺百年，大河奋笔，千篇雄略印初心。

郭代元（河南南召）

血滋稼穑，乳哺轩辕，合是母亲情愫；

百折不回，万年未息，长为中国精神。

周德合（河南南召）

忆往昔花园口炸堤，惊天怨气碎寒月；

看今朝风景区迎客，隔岸欢声漾碧波。

程相国（河南南召）

水发青藏，穿九省，汇百川，一路欢腾奔大海；

心系家国，淘千山，泽万户，满腔豪迈颂母亲。

赵海建（河南南召）

小浪底水利枢纽工程

坝收万里烟涛，滤尽黄沙，欣向山川分碧浪；

原涨千重红翠，铺开彩锦，醉携云梦济苍生。

王月芳（山东威海）

荡荡波涛，摇篮曲晨昏吟唱；

甜甜乳汁，母亲河生死相依。

李大成（山西定襄）

奔流无数豪雄，自古圣贤何寂寞？招百川麾下，巡万岳阵中，浩荡焉，征广岸漫繁星碧海；

倾泻千般壮美，从今华夏定安昌！蕴一脉传承，连九珠璀璨，丰淳也，育鸿材擎纬地经天。

石安辉（河南三门峡）

悬壶口，漫风陵，唤醒五千年黄土地；
卧长虹，横玉坝，映红九万里白云天。

范卫平（山西芮城）

惠德导洪澜，九曲回肠牵太古；
慈恩施热土，一怀甘乳育苍生。

朱继标（河南永城）

送三万里波涛，雨伴风随归大海；
映五千年日月，云蒸霞蔚谱新篇。

高怀柱（山东莘县）

源起冰山，涛惊烟岸，德水洋洋归碧海；
流循九曲，泽被兆民，母仪卓卓铸黄魂。

曹丛林（河南郑州）

问道苍茫，一意朝东，风风火火青龙梦；
并雄江海，百折晋善，沸沸扬扬赤县魂。

李青松（甘肃兰州）

三门峡水利枢纽

巍峨大坝，安千古狂澜，电机轮动歌飞，光明直送人心底；
浩渺烟波，呈三门靓景，碧水鱼嬉鸟舞，诗画悉收客镜头。

张淑芳（河南南阳）

雄风百代，母亲河，哺育恩，高天厚地；
禹绩千秋，赤子梦，两山论，绿水青峦。

梅庆龙（陕西西安）

万里奔腾，九曲连环连九省；
三门储蓄，千年砥柱砥千秋。

陈志斌（宁夏彭阳）

奔腾万里，浩荡千秋，履迹已成文化史；
凝聚一心，激扬亿众，涛声永奏自强音。

曹文献（河南安阳）

自源头而下，托起文明，牵白马青牛三万里；
从盘古以来，传承灿烂，历唐风汉韵五千年。

杨宗泮（河南南阳）

挽为国捐躯的八百抗日烈士

孝竭父老，忠尽家国，铮铮铁骨淹黄水；
桑梓树碑，山河做证，烈烈伟名伴中条。

何万祥（陕西大荔）

三江源自然保护区

青草沐骄阳，涓涓细流，汇成母乳滋华夏；
群羊点暮野，茫茫荒漠，望断长安唤庶民。

吴会学（山西万荣）

三门峡

禹斧劈三门，看碧浪飞舟，舟载文明兴国运；

黄河弹九曲，伴白鹅起舞，舞邀日月展尧天。

张克刚（河南南阳）

高峡平湖靓三门，浩宇梦飞处；

大河故事昭千古，中华龙醒时。

郭妙青（山西原平）

乳半爿华夏，势若腾龙，千山壮古今英烈；

培六大古都，韵如翔凤，一河开世代文明。

周涛（河南南阳）

东平县黄河滩区迁建

腾滩还水，河道流金洪患远；

稳业脱贫，民生焕彩凯歌频。

杨亚平（陕西宝鸡）

固土淘沙，黄河翻作青罗带；

崇仁尚善，赤县飞来碧玉簪。

史文堂（山西河津）

天纵不羁，九曲黄流淘万古；

人为而治，无边沃土毓繁花。

秦雪梅（四川达州）

携昆仑胆，壮大海魂，纵观家国千秋事；
催岁月驹，追中华梦，普泽炎黄万代人。

张华翼（河南三门峡）

西来天柱，龙门咆哮，五千载文明肇造；
北绕漠原，平野奔流，两万里列圣相承。

高娟（陕西咸阳）

一河造福，九省至今思大禹；
万户炊烟，列朝从此振中原。

达奴生（山西吕梁）

水从天上来，万里风流，又随日影一帆远；
梦向诗中觅，千年气象，共看河沙几度清。

王龙强（山东济宁）

黄河故事

冯夷斩浪成河，天赐一条生命水；
大禹劈山治水，地通九曲母亲河。

赵臣（内蒙古呼和浩特）

万里长河，嵌入神州滋国脉；
一声怒吼，融于合唱励民魂。

李忠林（山东禹城）

黄河万里，山重水复添奇景；
华夏千秋，柳暗花明迈小康。

王献录（河南新乡）

九省度春风，续写八千年故事；
一河铭壮慨，来听两万里涛声。

徐维强（甘肃兰州）

三门峡大坝

大坝锁黄龙，谁筑奇观圆绮梦；
平湖开盛象，我教浊水化清流。

梁璞（山西平定）

中流砥柱

擎天一柱砥中流，经历千年骇浪，脊梁永固；
分道三门疏猛兽，挽回万里碧波，华夏长虹。

石卓娅（河南三门峡）

虎啸龙吟，华夏强音惊世界；
尧趋舜步，母亲甘乳嗣炎黄。

王魏红（山西长治）

小浪底水利枢纽

一万里奔腾，到此地温柔入梦，浩渺生烟，丰碑竖起江南秀；

三千旬喷涌，看而今淘尽黄沙，调平浊浪，杰作筑成天下奇。

侯广安（山西河津）

九曲高歌，似激励炎黄龙裔，百折不挠，勇担使命；

千秋宏愿，为延绵华夏文明，三门难阻，以践初心。

胡光明（陕西咸阳）

禹王疏水畅流，功盖千秋史册；

嫘祖养蚕织锦，勋盈万里山河。

向胤道（四川成都）

黄龙入海，万里奔腾酬壮志；

碧水放歌，千帆竞渡谱华章。

史月华（山东济宁）

浩浩无私，化育五千年华夏文明，璀璨至今，辉煌往后；

生生不息，贲张一万里炎黄血脉，奔腾天地，激荡海洋。

杨旭东（四川成都）

修竹摇风喧千林翠鸟；

大河映日放万里新歌。

李麦贵（河南三门峡）

小浪底水利枢纽

大坝崔嵬，平湖潋滟，不复见黄龙祸世；

鸶歌夏禹，鹅咏愚公，更欣然玉粒安民。

张美龄（山西河津）

汇三江澎湃，九曲雄浑，鞭太行、过千山，浩荡西风同览胜；

承华夏根源，炎黄血脉，缔秦汉、逾五代，苍茫东海去听涛。

董莉（山东威海）

从白云间走来，几番荡漾，九曲回肠，万古长流颜不改；

向蓝海湾奔放，两岸惊奇，一壶倒置，千年气势猛难收。

王永金（山西汾阳）

可可西里

万物乐园，冻土冰川成宝库；

千湖湿地，荒原大漠育江源。

董志高（河南渑池）

亘古黄河，国色牡丹香九省；

烟云华夏，图腾汉字领千秋。

孙良荫（陕西西安）

形似天龙，纳支成河活大地；

图如字几，伴源助力富人民。

马百胜（河南渑池）

植树清沙，九曲黄河除旧貌；

栽花种草，千寻大坝换新颜。

颜炳霞（内蒙古赤峰）

长河盛世清，兴乐除忧，九万里惠民滋上善；

大爱母亲乳，哺梁育栋，五千年润德柱中流。

胡建科（陕西合阳）

润半壁江山，九曲清波归大海；

孕千秋华夏，四时沧浪唤母亲。

任维平（四川泸州）

生态迷人，游观两岸风情，寻觅当年禹梦；

黄河腾浪，述说千秋故事，讴歌今世尧天。

付本信（山东济宁）

黄河两岸治沙造林人

林封沙浪时，三十载绿洲荫白发；

禹凿龙门处，五千年碧水鉴丹心。

张夏琴（陕西韩城）

下昆仑，广纳百川心向海；

归龙口，长驱万里志凌云。

赵理（陕西渭南）

三门峡中流砥柱

顶柱三门险，茫茫禹迹无双地；

根连九曲深，浩浩黄河数一流。

焦相山（河南南阳）

三门峡大坝

劲骨锁崤条，一坝龙腾成砥柱；

初心调沛竭，千年蝶变济生民。

翟红本（河南鲁山）

越岭穿山，九曲不回，孕育中华血性；

济人利物，千秋未改，传承民族情怀。

朱启亮（河南南阳）

轻舟踏浪，巨坝安澜，九域龙人歌夏禹；
锦鲤衔诗，天鹅舞梦，千秋骏业领春风。

余东林（河南信阳）

是母亲河，浇万千亩良田，奔流大海；
扬民族魄，作十亿人支柱，鼎峙神州。

解维汉（陕西西安）

黄河文明

万里滔滔，所向无前，天际洪波腾气象；
九州焕焕，化生有秩，母亲乳汁育炎黄。

赵进轩（山东莒南）

儿女情怀，故事煌煌从古壮；
炎黄血脉，长河浩浩至今雄。

马本涛（山东邹城）

脉连九省，爱播千秋，咆哮声中情切切；
诗咏小康，心朝大海，奔腾浪里梦悠悠。

乔仁发（四川巴中）

水从天上来，黄龙润物滋八野；
河到云间去，碧浪放歌荡九霄。

崔宽定（陕西渭南）

血乳相融，愿将浊浪济沧海；
恩情难报，期待清名慰母亲。

商世燕（四川泸县）

九曲柔肠，万里奔波，广施厚爱荣华夏；
八方赤子，百年逐梦，屡建奇功慰母亲。

闫涛亮（山西闻喜）

回眸历史，长河涌噩梦，飞沙暗碧空，苦无穷日；
放眼神州，巨手缚黄龙，沃野绣华屏，谁谓英雄？

滑彩红（河南偃师）

亘古开来涛万里，落日凭澜，洪声鼓浪，乳滋儿女母亲梦；
浑天直下史千秋，怒潮涌血，壮士昂桅，旗荡长河民族魂。

张淑梅（河南三门峡）

爱一个家，护一条河，沿黄九省同追梦；
兴千秋业，铭千载史，植绿百川喜放歌。

余小伟（河南郑州）

九曲任奔流，气象凝为中国魄；
千秋赖滋育，恩情赋就母亲篇。

陈学伟（河南信阳）

鱼跃鸟鸣，万里铺开生命线；

地肥水美，千年滋润母亲河。

张鹏（河南焦作）

黄河精神

黄水滔滔，汹涌飞腾，千载奔流歌壮志；

青山屹屹，威严守护，九曲激荡造英雄。

张景芳（河南南阳）

口吞沧海，尾摆昆仑，经天黄道云龙脉；

气吐星河，魂凝华夏，射日金弓几字弯。

方应展（河南光山）

纳百川，赴海怀，万里不辞携大梦；

泽两岸，涵生态，千秋长惠哺中华。

赵骏（甘肃陇南）

一万里溪流并汇，灿烂浪花，串成华夏文明史；

五千年血脉相融，和谐民族，捧出康庄生态图。

张亚辉（河南平顶山）

似银河直下，气壮九州日月；

教沧海横流，浪淘千古英雄。

吴立新（青海西宁）

百川汇聚，波浪滔滔，一路饱含华夏史；
九省相沿，民心济济，千秋共护母亲河。

孙静（山东济宁）

飞泻重霄，万里奔腾龙虎势；
古今一脉，千秋流淌母亲谣。

张伟（山东淄博）

几字定乾坤，九域龙腾，此曲何曾天上有；
千秋殊世界，大河功竟，禹王能愕眼前闻。

王乃学（山东蓬莱）

共吾生息，启我文明，九曲滋濡功至伟；
与我精神，为吾血脉，千秋激越韵高昂。

赵巧叶（山西晋中）

自上脉昆仑，九曲东驰，世代怒涛激浊；
有中流砥柱，七星北耀，炎黄大国开图。

张金成（河南鲁山）

西出昆仑，心潮且共浪潮涌；
东归渤海，河运喜随国运昌。

王春玲（山东潍坊）

纳青宵时雨，携黑土金沙，九曲开疆东到海；
养九域苍生，承人文事理，千秋兴业国如春。

鞠良泉（山东东营）

小浪底水利枢纽

愚公未老，夏禹重生，敢把黄龙囚浪底；
大野生金，平湖堆雪，尽教黔首乐心头。

范青山（山西太原）

波连祖脉，汇流往事多求索；
身赋龙形，领舞中华大复兴。

王力（内蒙古呼伦贝尔）

伏地而行，嗅黄土体香，听神州心跳；
破空以啸，排羲皇卦象，壮大禹英风。

黄秀珍（河南南阳）

昔日河流泪，浪浊沙多留苦影；
如今水淌诗，涛清岸秀换娇颜。

张忠明（陕西咸阳）

大坝缚黄龙，两岸民歌时入耳；
小村浮紫气，满园瓜果正盈眸。

张金豹（山东乐陵）

万荣黄河滩万亩莲池

人凭巧手，河孕奇观，浅浅深深如画卷；
莲叶接天，荷花满地，红红白白胜江南。

邵增煌（山西运城）

历九曲回环，悲欢故事滔滔诉；
只一心坚韧，伟大民族款款行。

宋存杰（河南郑州）

雷鸣天外，泽润人间，两岸宏开龙气象；
还看坝高，何嗟浪急，千秋不减禹精神。

武京婧（山西太原）

以民为本，唯水为师，千秋共浴安澜梦；
淘史之篇，演龙之脉，两岸遥闻大吕声。

张建敏（山西朔州）

劈三门以嵌明珠，造福万民，长铭禹德；
掀九曲而挥梦棹，飞歌一路，共唱尧天。

谢福忠（河南信阳）

从源起滥觞，到波澜壮阔，数千年沧海桑田，矢志向东，不息生命，不停奔涌；

融中华血脉，彰民族精神，九万里黄天厚土，凭兹以秀，我颂摇篮，我唤母亲。

蒙卫军（陕西宝鸡）

上溯五千年，生生不息，心铭华夏文明史；
西来三万里，脉脉相通，梦筑人民幸福河。

郭廷瑜（甘肃武威）

挟一万里惊雷，撑霆裂月自天来，养昆仑肝胆，中华血性；
圆五千年绮梦，激浊扬清奔海去，看滇渤胸怀，大汉风流。

庞晓洲（河南正阳）

黄河之变

昔日饿殍浮波，故道成殇，区间总带黎民泪；
现今清流荡碧，虢城是例，水面时传鸿鹄声。

张新芳（河南三门峡）

河床猿啸文明醒；
黄土龙吟中国生。

赵玉书（山西襄汾）

下昆仑，追日月，掣雷霆，亦虎亦龙雄万古；
滋华夏，抖精神，赓血脉，不挠不败伟无伦。

原少敏（山西运城）

小浪底放水排沙

碧波映日，浪峰激起千堆雪；
金梦萦怀，心底涌来万首诗。

朱全玺（河南济源）

得母乳千年滋养，让华夏文明，生生不息；
看巨龙万里奔腾，听黄河故事，代代相传。

葛永红（河南扶沟）

孕育山川，吮毫来颂母亲句；
泽恩华夏，把酒长看河晏清。

杨帅（河南焦作）

五千年化育劬劳，四序同沾慈母爱；
一万里奔腾浩荡，九州共振大河风。

冯龙（四川巴中）

继古开今，三门合唱黄河颂；
初心远梦，九曲长腾中国龙。

陈书锦（河南洛阳）

黄河生态治理

护好母亲河，万里安澜，一朵浪花皆故事；

筑牢生态链，百川织锦，千秋画卷展新猷。

杨轩（四川西充）

本色是英雄，九曲激扬惊海岳；

壮怀吞日月，千秋浩荡唱风流。

张树路（山东龙口）

合天地孕育奔腾，十四亿生灵承泽；

契炎黄古今家国，五千年华夏长春。

张潞（山西长治）

壶口瀑布

万里见胸怀，清浊涵容犹有势；

百折成浩荡，峰峦砥砺不回头。

雷向博（陕西合阳）

五千年繁衍于斯，大地沧桑，乳泉不竭；

一万里奔流向海，群山屏阻，猛志无渝。

贾雪梅（四川乐山）

黄河滚滚，岁月悠悠，孕育文明古国；

大坝巍巍，桥梁座座，振兴灿烂中华。

史向峰（河南南召）

黄涵命脉，绿孕文明，凭尊大号齐华夏；
昔泽祖宗，今滋儿女，不负苍生唤母亲。

刘志刚（甘肃崇信）

禹凿龙门

三叠瀑布，瀑涌浪急，千载神工峡谷险；
十里龙槽，龙飞石转，万年福水禹王功。

冯海（陕西韩城）

九曲何长，自古至今，总以几形当国魄；
一黄能治，惊天动地，欲将清字换河名。

段书升（山西原平）

九曲生态画；
万载母亲河。

廉廷（山西垣曲）

滔滔永不息，九曲深恩泽九省；
耿耿长相忆，千秋母爱拜千回！

张莉（宁夏银川）

浪溢涛翻，来从天上凌浩渺；
龙吟虎啸，飞向云中运风雷。

孙起（内蒙古赤峰）

九曲传承一脉，浊流只淌炎黄血；
万民仰颂千秋，浩气唯歌华夏魂。

王术志（山东潍坊）

甘肃黄河生态环境改善

沙恶阻春风，曾教羌笛怨杨柳；
人勤扶大略，终使东君认梓桑。

石晓英（甘肃兰州）

黄河治理

防患即防灾，千钧担压肩头重；
治黄如治国，九曲澜安天下平。

马弘（四川西充）

上下越千年，耀星映日辉煌史；
东西经九省，拦坝筑堤壮美诗。

郭志璋（河南灵宝）

天造地生，九曲黄河经九省；
民为国计，一条绿带映一流。

郑宏信（河南灵宝）

壶口瀑布

玉帝乘龙，罡风闻驾擂天鼓；

瑶池摆宴，王母贪杯拎海壶。

李永清（河南义马）

渭南市抽黄工程

咏渭北诗中，常醉龙姿虹影，抟鹏鸁凤；

行江南画里，每怜鱼跃稻熏，击壤飞觞。

王恒德（陕西合阳）

穿山过岭前来，因怜儿女，时时回顾；

激浊扬清远去，唯把道德，脉脉遗传。

陈小明（山西运城）

激浊扬清，九曲涌流天下句；

济民利物，千秋怀抱母亲心。

刘洪敏（河南内乡）

三门峡中流砥柱

立此中流，挽此狂澜，不负神工留胜迹；

巍如铁柱，高如大岳，犹承禹志护金瓯。

刘润泽（山东淄博）

重情最是母亲河，乳育八荒，泽滋百代；
赍志长辉华夏史，萦牵热土，肇启未来。

谭淑珍（山西闻喜）

黄河彩陶

溯源一万里文明，在黄泥中定格；
逐水八千年姓氏，于赤焰上成形。

牛成学（甘肃兰州）

赤县古文明，灿史千年，播春万里鱼龙化；
黄河新故事，平湖万顷，破浪千帆浩荡来。

史敦翔（河南光山）

为地滋萌，孕彩流金，独见萱亲仪范；
替天行道，冲关决隘，几成禹甸图腾。

王维民（山东青岛）

几道腾龙，似狂草彪书，壮华夏千年文脉；
画廊舞凤，呈天工妙绘，衍神州万里春光。

康新娟（河南三门峡）

评委作品

携泥沙汹涌而来，入壶口生烟，跃龙门掀浪，看气蒸云汉，波撼苍穹，浩浩乎，急流难阻奔东海；

教华夏绵延以至，钦母亲哺乳，依砥柱擎天，欣坎坷通衢，沧桑在目，堂堂矣，民族复兴向大同。

方留聚（河南三门峡）

天壶收浩荡，清尘息浪终奔海；
高峡蓄澄明，嵌玉镶珠竞落川。

张项学（河南三门峡）

中流砥柱

坦迎浊浪，检阅狂涛，不退中流半步；
雄矗苍天，担承磨难，坚撑傲骨一尊。

王西川（河南三门峡）

万里黄河第一坝

一坝横空，桀骜千秋欣向善；
三门问世，崤函百里巧梳妆。

郭新华（河南三门峡）

黄河纤夫

道窄窄船沉沉，月伴星随，纤绳一截连生死；

险重重水汤汤，冬寒夏曝，号子几声越古今。

李进才（河南三门峡）

九省度春风，续写八千年故事。

一河铭壮慨，来听两万里涛声。

徐维强（甘肃兰州）

后记

刘佰洋　戢彩玲

　　斗转星移，又是一年冬去春来；不负韶光，又是一年砥砺前行。

　　崤函大地春来早，在市委宣传部的领导和各界人士的大力支持下，三门峡市文联组织编选的《崤函春早》带着春的气息、春的温暖、春的明媚如期出版了。本书分上、下两卷，上卷是全国摄影主题相声、小品、诗歌原创作品大奖赛获奖作品；下卷是黄河九省楹联大赛获奖作品。

　　翻开书，作品中既有相声、小品的轻松活泼、诙谐幽默，也有诗歌的独具匠心、诗情画意，还有楹联黄河文化的博大精深、磅礴雄伟，但更多的是兼而有之，从不同的侧面、用不同的表现手法，展示了传承与创新并重、艺术精品和大众趣味相融合的艺术水平。

　　三门峡文化底蕴丰厚，摄影资源众多，被誉为"黄河三门峡　美丽天鹅城"。三门峡市被中国文联、中国摄影家协会授予"中国摄影之乡"。中国摄影文化艺术节、中国三门峡自然生态国际摄影大展、中国摄影金像奖颁奖盛典将连续十年在三门峡市举办。中国摄影艺术馆、中国摄影金像馆、中国摄影培训基地永久落户三门峡。三门峡市文联举办的面向全国征集的摄影主题相声、小品、诗歌原创作品大奖赛，就是为在三门峡举办的第十三届中国摄影艺术节暨第四届天鹅之城——中国三门峡自然生态国际摄影大展营造浓厚的舆论气氛，丰富节庆内容，繁荣摄影艺术事业而开展的。此次大赛从方案策划、作品收集到专家评审等各个环节，均得到中国摄影家协会、三门峡市委宣传部的关心和指导，得到省曲协和省诗歌学会的鼎力帮助，得到全国文艺爱好者的积极响应投稿。三门峡市委常委、宣传部部长牛兰英还专门为本书作序。我们有幸邀请到了国家一级演员、著名曲艺作家、表演艺术家赵连甲等 9 名知名专家、学者组成评委会，对参赛作品进行了初评、复评，经过精心的评选，从 200 余件作品中评选出 40 件小品、相声、诗歌获奖作品收入本书。

下卷的黄河九省楹联大赛获奖作品来自三门峡市楹联学会组织的黄河九省楹联大赛，此赛事征稿对象为黄河流经的"青海、四川、甘肃、宁夏、内蒙古、陕西、山西、河南、山东"9 个省区的楹联爱好者，作品围绕黄河的历史、保护、治理、发展历程和成就进行楹联创作。大赛共收到 1069 人的 2165 副参赛楹联作品，经过初评、复评，进入终评的作品共 123 副。终评委由中国楹联学会名誉副会长、对联文化研究院院长叶子彤，中国楹联学会常务副会长、对联文化研究院执行院长刘太品等 11 名楹联专家和领导组成，共评出 45 副获奖作品和优秀作品，本书选入了部分获奖作品。

纵览全书，主题新颖，内容丰富，无论是摄影主题作品，还是楹联作品，均反映了三门峡当地的文化特色，体现了摄影事业与时俱进的发展趋势和黄河三门峡魅力天鹅城文化的显著特点，为新时代三门峡市蓬勃发展的摄影事业和保护传承弘扬黄河文化，挖掘黄河文化蕴含的时代价值起到了积极的推动作用。

近年来，三门峡市政府致力于摄影城文化建设，2020 年，三门峡市建成首批 10 个摄影创作研修基地和 34 个摄影点。未来，三门峡市要建成 30 个摄影基地、100 个拍摄点的矩阵规模，带动和助力当地社会经济、百城建设提质和乡村振兴发展，特别是促进休闲旅游、民宿产业的良性发展，把摄影产业发展作为重要抓手和载体，探索摄影艺术与文旅产业融合发展的共赢之路。

是为后记。

（刘佰洋，三门峡市文联党组书记、主席；戤彩玲，三门峡市文联党组成员、副主席）